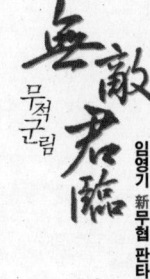

무적군림 3

임영기 新무협 판타지 소설

초판 1쇄 찍은 날 § 2011년 7월 20일
초판 1쇄 펴낸 날 § 2011년 7월 27일

지은이 § 임영기
펴낸이 § 서경석

편집부장 § 권태완
편집 § 주소영 · 박우진

펴낸곳 § 도서출판 청어람
등록번호 § 제1081-1-89호
등록일자 § 1999. 5. 31
어람번호 § 제2-2122호

주소 § 경기도 부천시 원미구 심곡2동 163-2 서경B/D 3F (우) 420-822
전화 § 032-656-4452 팩스 § 032-656-4453
http://www.chungeoram.com
E-mail § chungeoram@chungeoram.com

ⓒ 임영기, 2011

ISBN 978-89-251-2572-5 04810
ISBN 978-89-251-2556-5 (세트)

※ 파본은 구입하신 서점에서 교환하여 드립니다.
※ 저자와 협의하여 인지를 붙이지 않습니다.
※ 이 책은 도서출판 청어람과 저작자의 계약에 의해 출판된 것이므로,
  무단 전재 및 유포 · 공유를 금합니다.

임영기 新무협 판타지 소설

FANTASTIC ORIENTAL HEROES

無敵君臨

무적군림

3

무적신병(無敵神兵)

청어람

제25장	전투학습(戰鬪學習)	7
제26장	태풍 속으로	29
제27장	사냥	55
제28장	칠보시(七步詩)	77
제29장	오행지기의 결정체	103
제30장	염마비행도(閻魔飛行刀)	127
제31장	위대한 전사(戰士)	153
제32장	무적신병(無敵神兵) 탄생	177
제33장	수월화(羞月花)	205
제34장	노예(奴隷)	229
제35장	구주금패(九州金牌)	255
제36장	복수의 서막	281

第二十五章
전투학습(戰鬪學習)

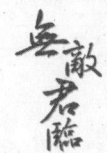

드넓은 초원.

사사사사―

철검추풍수 삼십 명이 태무랑을 뒤쫓고 있었다.

그들의 십여 장 전방에서 태무랑이 도주하고 있는 중이다.

태무랑을 추격하는 자들은 번성 서쪽 마을 끝을 지키던 일개 조 삼십 명이다.

그들은 삼십 명 그대로다. 한 명도 죽지 않았다. 그 말은 태무랑이 한 명도 죽이지 못했다는 의미다.

도주하고 있는 태무랑은 복잡한 생각, 아니, 회의(懷疑)에 빠진 상태다.

그의 머릿속에는 조금 전 상황이 가득 들어차서 그것에 대해 계속해서 수없이 반추하며 분석하고 있었다.

잠깐 동안 몇 수를 싸워본 철검추풍수는 그가 예상했던 것보다 훨씬 고강했다.

조금 전에 태무랑은 골목에서 최초의 철검추풍수 청의고수를 급습했으나 실패하고 말았다.

한발 늦게 급습을 간파한 청의고수가 태무랑의 공격을 어렵사리 피하더니 오히려 반격을 해온 것이다.

아니, 피하는 것과 반격이 동시에 일어난 것처럼 절묘한 반응이었다.

더구나 청의고수의 반격은 태무랑이 태어나서 처음 대하는, 쾌속하면서도 막강한 것이었다.

태무랑은 단유천과 옥령이 무척 강하다고 생각했었다. 그러나 그들의 공격을 마음만 먹으면 피할 수 있었으며, 언제든지 역공을 펼칠 수 있다고 자신했었다.

그런데 믿을 수 없게도 청의고수의 공격은 단유천이나 옥령보다 훨씬 더 강했다. 절대로 그럴 리가 없는데도 그것은 너무도 분명한 사실이었다.

태무랑이 당황하여 수세에 몰려 있을 때 골목 끝에 있던 황의고수가 전속력으로 달려왔다.

그래서 태무랑은 그 상태에서는 더 싸워봤자 조금도 이득이 없다고 판단하여 허공으로 신형을 날려 이곳 초원으로 달려온 것이다.

　마을에서 대략 오 리 정도 달려온 태무랑은 힐끗 뒤를 돌아보았다.

　백여 장 뒤에서 철검추풍수 일 개 조 삼십 명이 나는 듯이 추격하고 있는 광경이 보였다.

　처음에는 십여 장 거리였는데 반 다경 남짓한 시간에 백여 장으로 벌어졌다.

　그것은 태무랑이 도망치려고 마음만 먹으면 충분히 가능하다는 뜻이다.

　그는 경공을 배운 적이 없으나 수차운공 덕분에 상시 공력이 운행되기 때문에 전력으로 달리면 웬만한 경공을 훨씬 능가한다.

　그가 다시 앞쪽을 쳐다보니 오백여 장 전방에 험준한 기세의 산이 시작되고 있었다.

　그는 이쯤이면 싸우기에 적당한 장소라고 판단했다.

　사실 그는 도망친 것이 아니라 불리하기 때문에 작전상 잠시 물러난 것뿐이다.

　어떻게 해야지만 적을 제대로 상대해서 죽일 수 있을 것인지에 대한 생각이 정립되지 않은 상태에서 무작정 싸우는 것은 어리석은 짓이었다.

　하지만 이제는 생각이 완전히 정리됐다. 마을에서 오 리 정도 달려오는 사이에 그는 무엇이 잘못됐는지 모두 파악했고 또 대책까지도 세웠다.
 초원은 사방이 막힌 데 없이 탁 트였으며 누런 풀이 가슴 높이 이상 무성하게 자라 있었다.
 주위가 온통 엄폐물이기 때문에 다수를 상대로 싸우기엔 최적의 장소다.

 추격자들은 선두에 홍의고수가, 그 뒤를 청의고수와 황의고수들이 따르고 있다.
 조장, 즉 제육조장(第六組長)인 홍의고수는 이 사실을 철검추풍대 모두에게 알리지 않았다.
 추격하느라 그럴 만한 여유도 없었지만, 도망치고 있는 자가 적안혈귀라고 확신할 수도 없었기 때문이다.
 더구나 최초에 태무랑하고 싸웠던 수하의 말을 들어보니 실력이 대단하지 않다고 해서 일 개 조로 충분히 제압할 수 있을 것이라고 판단했다.
 다만 도주하고 있는 자의 경공이 놀라울 정도로 빠르다는 사실이 조금 신경 쓰였다.
 이대로 간다면 놈이 전방에 보이는 산속으로 들어가 버릴지도 모른다.
 만약 그렇게 되면 동료들을 불러서 본격적으로 수색을 할 생각이었다.
 그런데 백여 장 앞에서 도주하던 자가 갑자기 시야에서 감쪽같이 사라져 버렸다.

"흩어져서 수색하라."

육조장은 두 팔을 좌우로 벌리면서 명령했다. 그는 태무랑이 지나치게 공력을 사용하여 도주하다가 기진맥진해서 풀숲 속에 숨었을 것이라고 판단했다.

하지만 뛰어봐야 부처님 손바닥의 손오공이다. 놈을 잡는 것은 시간문제라고 생각했다.

태무랑은 자세를 낮춰 풀숲 속에 몸을 감춘 직후, 몸을 돌려 추격자들 한복판을 향해서 일직선으로 쏘아갔다.

무성한 풀숲은 윗부분을 건드리면 많이 흔들리지만 아래쪽을 건드리면 그다지 흔들리지 않는다.

그는 바닥에 납작하게 엎드린 자세로 무릎이 거의 바닥에 닿을 듯 쏘아갔다.

풀이 흔들리는 것은 위에서 보면 잘 보이는데 수평의 위치에서는 잘 보이지 않는다.

태무랑은 쏘아가면서 자신이 깨달은 것들을 하나씩 새로 곱씹었다.

아까 태무랑하고 싸운 청의고수는 단유천이나 옥령보다 고강하지 않았다.

예전에 단유천과 옥령이 태무랑을 갖고 놀 때는 공력을 전혀 사용하지 않았었다. 또한 목검을 사용했었다.

만약 그들이 공력을 사용한다면 청의고수보다 몇 배는 더 고강할 테고, 태무랑은 절대 그들에게 반격할 기회를 잡지 못했을 것이다.
　태무랑은 그것이 냉엄한 현실이라는 사실을 깨달았다.
　또한 청의고수를 급습했을 때 그자가 비록 어렵게 피하기는 했지만 피하면서 반격까지 할 수 있었던 데에는 그럴 만한 원인이 있었다.
　태무랑의 염마도가 일반 검에 비해서 열 배 이상 무겁기 때문이다. 무거우면 파괴력이 있지만 반면에 느리다는 단점이 있다.
　싸움에서는 무기의 파괴력이 중요하기도 하지만 그보다는 빨라야 한다.
　적보다 더 빠르게 찌르고 베어야만 이긴다. 그러므로 파괴력은 그다음의 문제다.
　태무랑은 창을 좋아하기 때문에 염마도를 만들었다. 하지만 너무 무겁다. 더 가볍게 만들 생각을 했으나 그것은 나중 문제다.
　그래서 그는 염마도의 단점보다는 장점을 살리기로 했다.
　즉, 염마도가 검보다 거의 절반 이상 길다는 점을 최대한 이용하기로 했다.
　또한 그는 오행지기를 갖게 된 이후 청력이 극도로 발달하여 눈으로 보지 않아도 사물과 적의 움직임을 자세히 파악할 수 있었다.

그래서 그 점 역시 최대한 이용할 생각이었다.

'온다.'

뒤쪽으로 전진하던 태무랑은 전방 십여 장 거리에서 다섯 명의 적이 쏘아오는 기척을 감지하고 그 자리에 멈춰서 납작한 자세를 취했다.

그렇다고 길게 엎드린 것은 아니다. 가슴은 바닥에 닿아 있지만 무릎을 잔뜩 구부린 채 발끝으로 바닥을 딛고 있어서 언제든지 솟구칠 수가 있었다.

다가오고 있는 적들의 하체를 공격할 생각이다. 하지만 동작을 크게 해서 후려 베면 풀들이 먼저 베이기 때문에 적이 급습을 눈치챌 것이다.

그러므로 염마도를 길게 잡고 앞으로 쭉 뻗은 상태에서 최대한 동작을 짧게 하여 다리를 잘라야 한다.

힘들여서 두 다리를 다 자를 필요는 없다. 하나만 자르면 무용지물이 돼버린다. 그런 다음에 죽이는 것은 천천히 하면 된다.

태무랑은 눈을 부릅떴다. 전방에서 쇄도하는 다섯 명의 적이 점점 빠르게 가까워지고 있었다.

그는 염마도를 최대한 길게 쭉 뻗은 상태에서 호흡을 멈춘 채 가만히 있었다. 그것은 마치 흐르는 강물에 그물을 쳐놓은 듯한 상태다.

적들은 그물이 있는지도 모르고 계속 다가왔다. 속도가 추격할 때보다 느려진 것을 보면 주위를 살피면서 다가오는 것 같았다.

염마도는 풀 바닥에 놓인 상태에서 칙칙한 죽음의 빛을 흩뿌리고 있었다.

그때 다섯 명이 나란히 염마도의 사정권 안에 들어왔다. 염마도가 그곳에 있는지 모르고 달려오고 있는 것이다.

염마도는 다섯 명의 한복판에 놓여 있다. 왼쪽이든 오른쪽이든 휘두르면 최소 두 명의 다리가 잘라질 터이다.

태무랑은 염마도의 도파 끄트머리를 잡고 있었다. 보통 사람이라면 그런 상태에서 무기를 제대로 다루지 못하겠지만 태무랑은 개의치 않았다.

순간 염마도가 왼쪽에서 오른쪽으로 비스듬히 떠오르며 번개같이 그어졌다.

사아악—

"허윽!"

"억!"

염마도가 풀을 자르며 동시에 둔탁한 물체를 자르자 답답한 비명 소리가 흘러나왔다.

태무랑은 오른손에 전해지는 느낌만으로 세 개의 다리가 잘린 것을 깨달았다.

팍!

그 순간 그는 잔뜩 웅크렸던 개구리가 튀어 나가듯이 두 발 끝으로 바닥을 힘껏 밀면서 왼쪽으로 비스듬히 쏘아 오르며 염마도의 방향을 급히 왼쪽으로 바꿔 그어갔다.

두 명의 동료가 멈칫하면서 비명을 지르는 것을 보고 다른 세 명은 본능적으로 급습이라고 간파했다.

하지만 두 명이 어디를 어떻게 당했는지는 순간적으로 알 수 없었다.

키이잇!

그 순간 풀숲 속에서 시퍼렇게 빛나는 칼날이 비스듬히 솟구치며 무서운 속도로 베어왔다.

세 명이 움찔 놀라는 사이에 염마도의 칼날이 가장 가까운 쪽 황의고수의 허리를 베었다.

팍!

"끅!"

황의고수가 휘청하는 순간 나머지 두 명은 재빨리 검을 뽑는 것과 동시에 염마도 도파 쪽을 공격해 갔다. 도파를 태무랑이 쥐고 있을 것이므로 당연한 공격이다.

쐐애액!

아까 마을에서 태무랑이 낭패를 봤었던 바로 그 놀라울 정도로 기민한 솜씨다.

그런데 공격해 가던 두 명이 멈칫했다.

황의고수의 허리를 뎅겅 자른 염마도의 도파를 아무도 잡고 있지 않았기 때문이다. 즉, 염마도는 저 혼자서 황의고수의 허리를 자른 것이다.

슉—

그 순간 태무랑은 두 황의고수의 등 뒤쪽 풀숲에서 솟구쳐 오르면서 벼락같이 양 손바닥을 쭉 뻗었다.

쉬이잉!

태무랑의 쌍장에서 금빛의 흐릿한 장풍이 빛처럼 빠르게 뿜어져 나갔다.

두 황의고수는 허공을 가르는 날카로운 파공음만 듣는 순간 위기를 느끼고 다급히 몸을 날려 피하려고 했다.

퍼퍽!

"크악!"

그러나 금빛 두 줄기 장풍은 두 황의고수의 등에 고스란히 적중됐다.

한 명은 등 한복판에, 또 한 명은 조금 오른쪽으로 치우쳐서 등과 옆구리 중간 부위에 적중됐으나 둘 다 즉사하기는 마찬가지다. 몸에 구멍이 뻥 뚫리면 즉사할 수밖에 없다.

태무랑이 다섯 명의 적을 해치우는 데 걸린 시간은 딱 두 호흡뿐이다.

그때 그가 허공에 떠 있는 모습을 본 주변의 철검추풍수들이 일제히 그를 향해 쏘아왔다.

척!

태무랑은 허공에 떠 있는 상태에서 황의고수의 허리를 베고 날아오는 염마도를 오른손을 뻗어 가볍게 잡고 다시 풀숲 속으로 내려가 납작하게 엎드렸다.

그의 눈앞에 방금 그가 발출한 금빛 장풍, 즉 오행지기의 금기(金氣)에 적중되어 즉사한 황의고수 두 명이 눈을 부릅뜬 채 죽어 있었다.

태무랑은 그들 중 한 명의 손에서 재빨리 검을 뺏어 왼손에 쥐고 염마도를 어깨에 꽂고는 풀숲 속을 기듯이 빠르게 이동했다.

철검추풍수들이 순식간에 몰려들 것이기 때문에 그들을 배후에서 급습할 수 있는 장소로 이동하려는 것이다.

태무랑은 더 이상 풀숲 속에 숨지 않았다.

일 개 조 삼십 명 중에서 이십구 명을 죽이고 마지막 한 명 육조장만 남았기 때문이다.

이십구 명을 죽이는 데 걸린 시간은 일각 남짓이다. 실로 속전속결이었다.

태무랑이 최초에 청의고수를 급습하다가 실패한 이후에 얻은 깨달음이 그에게 큰 도움이 되었다.

그리고 일 개 조 삼십 명을 무성한 풀숲으로 끌어내서 암습한 것이 제대로 들어맞았다.

태무랑과 육조장은 오 장 거리를 두고 마주 서 있었다.

전투학습(戰鬪學習) 19

태무랑은 염마도를 어깨에 꽂고 오른손에 검을 쥐고 있는 모습이다.

그는 철검추풍수 이십구 명을 죽이는 데 염마도와 검, 장풍, 지풍을 골고루 사용했었다.

이십구 명을 죽이는 과정에서 그는 또다시 새로운 싸움 수법 몇 가지를 개발했다.

염마도와 검을 번갈아 사용하던가, 그러면서 왼손으로 시기적절하게 장풍과 지풍을 발출하는 것이다.

그는 싸울 때마다 놀라운 발전을 거듭하고 있다. 그가 자신의 능력이나 싸우는 방법을 개발하고 또 학습하는 속도는 혀를 내두를 정도다.

지금 우뚝 서 있는 그는 이 싸움이 시작되기 전보다 조금 더 강해진 상태였다.

휘스스스……

섣달의 차가운 삭풍이 불어와 초원의 풀과 태무랑, 그리고 육조장의 옷자락을 흩날렸다.

육조장은 삼십대 후반의 나이에 건장한 체구를 지녔으며 이마를 영웅건으로 질끈 묶고 오른손에는 검을 움켜쥐고 있었다.

그는 원래 강직하며 수양이 깊은 사람이지만 일각 만에 수하 이십구 명을 모두 잃고는 평정심을 잃어버렸다.

그는 불을 뿜을 듯 무섭게 이글거리는 눈빛으로 태무랑을 쏘아보았다.

그는 태무랑이 적안혈귀라고 생각하지 않는다. 그가 무극신련을 떠나기 전에 철검추풍대주로부터 받은 정보에 의하면, 적안혈귀는 이렇게 강하지 않은 자였다.

적안혈귀가 무영검문의 무영검수 육십삼 명을 죽였다고는 하지만, 무영검수와 철검추풍대는 비교조차 할 수 없는 실력이다.

철검추풍수 다섯 명이면 무영검수 육십삼 명을 일각 안에 죽일 수 있다.

그런데 눈앞에 태산처럼 버티고 서 있는 저 괴물 같은 자는 불과 일각 만에 철검추풍수 이십구 명을 모조리 죽여 버린 것이다.

태무랑이 무성한 풀숲을 이용하여 신출귀몰하면서 동에 번쩍 서에 번쩍 하며 수하들을 죽이는 터에, 육조장이 전력으로 달려가면 이미 태무랑은 사라지고 난 후였다.

그 순간 태무랑은 전혀 다른 곳에서 수하를 죽이고 있었다.

그러더니 이십구 명의 수하를 모조리 죽인 후에야 육조장 앞에 모습을 드러낸 것이다.

육조장은 이제야 비로소 태무랑을 가까이에서 제대로 처음 보게 되었다.

"네가 적안혈귀냐?"

육조장은 그렇게 생각하지 않으면서도 확인을 위해서 그

렇게 물었다. 이를 가는 듯 씹어뱉는 어조다.
"단유천과 옥령이 나를 잡아오라고 보냈느냐?"
그러나 태무랑은 대답 대신 반문했다.
육조장은 태무랑이 대공과 소저의 이름을 거침없이 부르는 것에 움찔 놀랐다.
하지만 태무랑의 물음에는 대답이 담겨 있었다. 단유천은 철검추풍대에게 적안혈귀를 산 채로 잡아오라고 명령을 내렸었다.
그런데 태무랑은 단유천과 옥령이 나를 잡아오라고 보냈느냐고 물었다. 그것은 자신이 적안혈귀라는 사실을 간접적으로 시인한 것이다.
육조장은 태무랑이 적안혈귀라는 사실을 확인했다. 그러므로 두 사람 사이에는 더 이상 말이 필요하지 않았다.
그는 태무랑이 순전히 편법으로 이십구 명의 수하를 죽였다고 생각하고 있었다.
그러므로 태무랑이 정정당당하게 싸워준다면 충분히 승산이 있다고 판단했다.
슈욱!
그때 태무랑이 육조장을 향해 곧장 쏘아왔다.
어떤 공격 자세도 취하지 않고 검을 아래를 향해 비스듬히 뻗은 채 저돌적으로 쇄도했다.
얼핏 보면 육조장에게 정면으로 충돌하려는 것 같은 단순

무식한 수법이다.

　육조장은 오른손의 검을 치켜들고 뚫어지게 태무랑을, 아니, 그의 오른손의 검을 주시했다.

　그는 피할 생각 따윈 하지 않았다. 태무랑이 정면으로 부딪쳐 오면 정면으로 상대해서 죽여줄 생각이었다.

　스파앗—!

　이 장까지 쇄도하고 있는 태무랑이 오른손의 검을 뿌리듯이 육조장에게 그어왔다.

　열 십(十) 자의 눈부신 섬광이 자신을 향해 빛살처럼 뿜어져 오는 것을 발견한 육조장의 얼굴에 움찔 놀라움이 떠올랐다.

　'십자섬광검 비섬쾌!'

　무극신련에서 대공과 소저 외에 극소수만 배울 수 있는 십자섬광검이 태무랑의 검에서 전개됐으니 놀라지 않을 수가 없다.

　그러나 지금은 태무랑이 어떻게 십자섬광검을 익혔는지는 중요하지 않다.

　당장 피하지 않으면 여차하는 순간 얼굴이 십자로 쪼개질 상황이다.

　그러나 너무 빨라서 어떻게 피해야 할지 방법이 없었다.

　단유천과 옥령은 가끔 무극삼대와 실제 싸움처럼 비무를 하기 때문에 육조장은 두 사람의 십자섬광검이 얼마나 빠르고 강한지 잘 알고 있었다.

 태무랑의 십자섬광검은 아직 단유천이나 옥령의 수준에는 미치지 못했다.

 그러나 단유천의 오 할에 육박하는 실력이다. 그것은 육조장을 옴짝달싹 못하게 만들기에는 충분하다는 뜻이다.

 하지만 육조장에게도 방법은 있었다. 그는 십자섬광검을 펼치지는 못하지만 잘 알고 있기 때문에 어떻게 대응해야 하는지 알고 있었다. 더구나 단유천의 오 할 수준이라면 어떻게든 해볼 만하다.

 십자섬광검 비섬쾌는 워낙 빨라서 피한다는 것은 애당초 불가능하다.

 이럴 때는 단 하나의 방법이 있다. 역공으로 나가야 한다. 그리고 육조장은 거기에 적당한 검법을 알고 있으며, 자신이 가장 자랑하는 검법이었다.

 쌔액!

 육조장의 검이 태무랑의 왼쪽 목을 향해 쏘아갔다. 빠르기에서는 태무랑의 검에 뒤지지만 역공을 가하기에는 충분한 빠르기다.

 이대로 간다면 태무랑의 검이 육조장의 얼굴 한복판에 십자를 새길 것이다. 즉, 머리가 십자 네 조각으로 쪼개진다는 뜻이다.

 그렇지만 태무랑도 무사하지 못할 것이다. 육조장의 머리가 십자로 쪼개지는 순간 태무랑의 목이 꿰뚫릴 것이다. 말하자면 육조장은 너도 죽고 나도 죽는 동귀어진(同歸於盡)을 선택했다.

그렇다고 해도 육조장은 죽을 생각이 없었다. 자신이 이렇게 나가면 태무랑이 피하거나 십자섬광검을 거둘 것이라고 예상한 것이다.

과연 육조장의 예상대로 태무랑은 십자섬광검을 거두었다.

그러나 물러나지 않은 채 그어가던 검으로 이번에는 무극칠절검을 전개했다.

키이잉!

무극칠절검 특유의 파공음이 흐르자 육조장의 얼굴에 크게 놀라는 표정이 가득 떠올랐다.

"……!"

하나의 초식을 전개하다가 다른 초식을 전개하려면 새로 처음부터 시작해야만 하는 것이 상식이다.

그런데 태무랑은 처음에는 십자섬광검을 전개했다가 중도에서 무극칠절검 다섯 번째 오절로 변화시킨 것이다.

십자섬광검과 무극칠절검이 원래부터 같은 초식이었으면 모를까 각기 다른 초식이고 검법인 상황에서는 절대로 있을 수 없는 일이다.

더구나 태무랑이 무극칠절검까지 알고 있다는 사실까지

더해져서 육조장의 놀라움은 배가되었다.

파악!

그 순간 육조장은 본능적으로 다급히 상체를 오른쪽으로 눕히면서 태무랑의 목을 노리고 찔러가던 검의 방향을 틀어 그의 옆구리를 베어갔다.

본능적이지만 실로 절묘한 반전(反轉)이 아닐 수 없다. 이번에도 그는 동귀어진을 노렸다.

태무랑의 검에 왼쪽 가슴을 내주고 자신은 태무랑의 옆구리, 즉 몸통을 통째로 자르려는 것이다.

현재의 육조장은 이런 식으로밖에는 대응할 수가 없는 상황이었다.

태무랑이 예상보다 훨씬 고강하기 때문이다. 그와 정면 대결을 펼치면 육조장 자신이 유리할 것이라는 생각은 까마득하게 사라졌다.

슷—

그런데 태무랑이 검을 거두면서 미끄러지듯이 왼쪽으로 이동했다.

육조장의 동귀어진이 먹혀든 것 같았다.

순간 육조장은 태무랑의 검에서 시선을 떼지 않은 채 그림자처럼 바짝 따라붙었다.

이 기회에 기선을 잡아 폭풍처럼 몰아치려는 것이다. 또 그럴 자신이 있었다.

태무랑이 왼쪽으로 물러나고 있기 때문에 그의 모습은 오른쪽 절반만 보였다.

하지만 그것으로 충분하다. 그의 오른손에 쥐어져 있는 검을 볼 수 있으면 된다.

키이.

그런데 육조장은 막 공격을 하려다가 오른쪽 귀 뒤에서 어떤 무기가 흘려내는 기이한 소리가 나는 것을 감지하고 움찔했다.

그는 태무랑이 오른손에 쥐고 있는 검에서 시선을 뗀 적이 없었다. 그러므로 태무랑의 공격은 아니다.

돌아보면 기선을 잡을 기회를 놓치게 된다. 그렇지만 돌아보지 않을 수가 없는 상황이었다.

그래서 그는 오른손의 검으로는 태무랑을 공격하면서 고개를 오른쪽 뒤로 급히 돌렸다.

힐끗.

돌아보는 순간 그는 시퍼런 칼날이 코앞까지 쇄도하고 있는 것을 발견했다.

그 순간 육조장은 태무랑의 보이지 않는 왼손과 그의 어깨에 메어져 있는 염마도를 번쩍 떠올렸다.

칵!

다음 순간 염마도의 시퍼런 칼날이 육조장의 관자놀이를 파고들어 가 반대편으로 빠져나갔다. 즉, 머리를 가로로 자른 것이다.

 동작을 멈춘 태무랑은 육조장의 잘라진 머리 윗부분이 허공으로 날아가는 것과 그가 느릿하게 옆으로 쓰러지는 것을 지켜보았다.

 태무랑의 오른손에는 검이, 왼손에는 염마도가 쥐어져 있었다. 육조장은 태무랑에게 염마도가 있다는 사실을 잠시 망각하고 있었던 것이다.

第二十六章

태풍 속으로

 태무랑과 철검추풍대 제육조가 번성 동쪽 초원에서 일 대 삼십의 싸움을 벌인 것은 아무도 모르는 일이다.
 번성 곳곳에 깔려 있는 철검추풍대조차도 아직 적안혈귀를 발견하지 못한 상황이었다.
 하지만 역시 개방의 눈을 벗어나지는 못했다. 그 싸움은 시시각각 개방 번성분타로 속속 보고되었다.
 싸우려는 자 눈에는 보이지 않고, 살피려는 자 눈에만 보이는 법이다.

 푸드득!

개방 번성분타로 한 마리 전서구가 날아들었다.

번성 동쪽 초원에서 날아온 다섯 마리째 전서구다.

분타주가 다급하게 전서구 발목에 묶여 있는 대롱에서 돌돌 말린 서찰을 뽑아서 펼치지 않은 채 신풍개에게 공손히 건네주었다.

촤악!

신풍개는 급히 서찰을 펼쳤다. 지금까지 받아본 네 통의 서찰에는 적안혈귀가 철검추풍대 제육조를 초원에 가둬놓은 상태에서 마음대로 요리하고 있다는 내용이 적혀 있었다.

그리고 이번 다섯 번째 서찰에는 딱 한 줄의 글이 짤막하게 적혔다.

─철검추풍대 제육조 전멸.

"이런……. 믿을 수가 없군."

서찰을 읽고 난 신풍개의 입에서 신음 같은 중얼거림이 흘러나왔다.

네 통의 전서구를 받으면서 그는 이미 충분히 놀랐었다.

아까 주루에서 태무랑을 처음 만났을 때, 그가 눈에서 시뻘건 혈광을 뿜으면서 벌떡 일어나 철검추풍대와 싸우겠다고 큰소리쳤을 때, 사실 신풍개는 속으로 그가 너무 가소로워서 죽는 줄 알았다.

그리고 내심 '네놈이 철검추풍수 한 명이라도 죽이면 내가 네 아들이다' 라고 실컷 코웃음을 쳤다.

그런데 첫 번째 전서구가 가져온 서찰에 이미 태무랑이 철검추풍수 네 명을 죽였다는 내용이 적혀 있었다.

그것으로 신풍개는 네 번이나 태무랑의 아들이 됐었다.

그런데 철검추풍대 제육조 삼십 명 전원 전멸이라니……. 신풍개가 삼십 번이나 태무랑의 아들이 돼야 할 일이다.

방금 그가 중얼거린 것처럼 이것은 실로 믿어지지 않는 엄청난 일이었다.

신풍개는 이것이 꿈이거나 아니면 보고한 개방 제자가 뭔가 착각을 일으켰을지도 모른다는 생각마저 들었다.

철검추풍대가 대저 어떤 존재란 말인가. 신풍개의 사부 괴노협이라고 해도 철검추풍대 일 개 조 삼십 명하고 싸운다면 승리를 장담하지 못할 터이다.

비록 태무랑이 초원이라는 지형지물을 이용하여 동에 번쩍 서에 번쩍 하는 편법을 사용했다고 하더라도 철검추풍대 삼십 명을 전멸시켰다는 사실에는 변함이 없었다.

동에서 번쩍이든 측간에서 번쩍이든 죽은 자는 말이 없고 이긴 자는 빛나는 법이다. 옛말에도 꿩 잡는 것이 매라고 하지 않았는가.

"허어… 이거……."

신풍개는 서찰을 손에 쥐고 경악스러운 한숨만 내쉴 뿐 말을 잊지 못했다.

　바로 그때 여섯 번째 전서구가 도착했고, 신풍개는 번성분타주 손에서 서찰을 뺏듯이 낚아챘다.

　―적안혈귀가 번성 번화가로 이동하고 있음.

　서찰을 읽은 신풍개는 적안혈귀가 철검추풍대 일 개 조를 전멸시킨 것으로 만족하지 않고 전체를 상대하려 한다는 사실을 깨닫고 또다시 큰 충격을 받았다.
　'이놈 미친 거 아냐?'
　혼자서 철검추풍대 전체를 상대로 싸운다는 것은 무림에서는 아무도 시도하지 못할 일이다.
　설혹 은거기인이나 절정고수 중에서 그럴 수 있는 인물이 극소수 있다고 하더라도, 철검추풍대 뒤에는 무극신련이 있기 때문에 언감생심 꿈조차 꾸지 못한다.
　신풍개가 넋을 잃고 멍하니 있는 모습을 보면서 기다리다 못한 번성분타주가 공손히 말했다.
　"소방주, 명령을 내려주십시오."
　신풍개는 번쩍 정신을 차렸다.
　"적안혈귀를 절대 놓치지 말고 감시하라."

　　　　　*　　　*　　　*

철검추풍대는 치명적인 실수를 한 가지 저질렀다.

그것은 자신들의 전통적인 복장을 그대로 입고 있다는 사실이었다.

원래 자신들이 대단한 존재라고 자부하는 자들은 변장 같은 것을 하지 않는다.

그로 인해서 태무랑은 철검추풍수들을 한눈에 식별할 수 있었지만, 태무랑이 은밀하게 행동하는 한 그들은 태무랑을 찾아내지 못했다.

그것은 현재의 태무랑에게 최고의 무기가 되어주었다.

번성 대로에 나선 태무랑은 어느 주루의 이층으로 올라가서 창가에 자리를 잡았다.

그곳에서는 번화한 번성의 대로가 잘 내려다보였다. 최소한 거리 양쪽 백여 장 일대는 그의 시계(視界) 안에 일목요연하게 들어왔다.

그 시계 안을 대충 살펴본 것만으로도 오십여 명의 철검추풍수가 우글거리고 있었다. 말하자면 몇 걸음에 한 명씩 있다는 얘기다.

현재 남은 철검추풍수는 이백칠십 명이다. 삼십 명을 죽인 것은 커다란 항아리에서 물 한 바가지를 퍼낸 정도였다.

'이대로는 안 되겠다.'

비록 철검추풍수들이 겉으로 드러나 있고 태무랑은 암중에 숨어서 행동한다고 해도, 그들을 죽이려면 거리로 나갈 수밖에는 없었다.

한두 명을 죽이면 주위에 있는 철검추풍수들이 벌 떼처럼 몰려들 것이 뻔하다. 그래서는 싸우기보다는 도망치기에 바쁠 것이다.

'변장을 하면 좋겠군.'

태무랑은 거기까지 생각해 보았다. 지금 쓰고 있는 방갓은 일단 눈에 잘 띈다.

그러니까 방갓을 벗고 전혀 다른 모습으로 변장하면 싸우는 데 한결 유리할 터이다.

그는 주루 내를 빠르게 둘러보았다. 변장할 만한 모습을 찾는 것이다.

그러다가 그는 곧 씁쓸한 기분이 들었다. 변장을 해봐야 옷을 바꿔 입거나 수염을 붙이는 정도인데 그래서는 크게 모습을 바꿀 수가 없었다.

더구나 철검추풍수들은 전신을 지니고 있으며, 태무랑의 모습을 충분히 숙지했기 때문에 변장을 했어도 가까이에서 보면 즉시 알아차릴 것이다.

'좀 더 근본적인 변장이 필요하다.'

지금으로선 변장이 필수불가결하다. 그것만이 태무랑에게 날개를 달아주는 방법이다.

아까처럼 마을 외곽 동떨어진 장소로 철검추풍대 일 개 조를 유인해서 싸우는 방법이 있기는 하지만 이제는 먹히지 않을 것이다.

태무랑이 일 개 조 삼십 명을 마을 밖 초원에서 죽인 일은 이미 철검추풍대가 다 알고 있을 것이다.

그러므로 철검추풍대가 바보가 아닌 이상 똑같은 허점을 그대로 유지하지는 않을 터이다.

'임시방편이 아니라 아예 근본적으로 얼굴 모습을 바꿀 수는 없을까?'

문득 그런 허황된 생각이 들어서 그는 손을 들어 자신의 얼굴을 만져 보았다.

얼굴의 피부만 조금 바뀌면 용모가 변하는 것은 어려운 일이 아닐 듯했다.

세상에는 똑같이 생긴 사람이 거의 없지만, 따지고 보면 수천만 명의 사람들이 얼굴의 피부와 골격이 제각기 조금씩 다를 뿐이다.

지금 태무랑의 얼굴 어느 부위라도 조금만 바뀐다면 용모가 완연히 달라질 것이다.

'공력이나 그게 아니면 오행지기로 피부와 골격을 바꿀 수는 없을까?'

턱없는 생각이다. 아니, 망상이다. 무림인이라면 절대로 그런 터무니없는 생각은 하지 않을 터이다.

하지만 무림의 상식에 대해서는 거의 모르는 태무랑이니까 상식 밖의 일을 생각할 수 있는 것이다.

거기까지 생각한 태무랑은 쇠뿔도 단김에 빼랬다고, 점소이에게 빈방과 동경(銅鏡:거울) 하나를 달라고 해서 안으로 들어갔다.

생각하면 곧바로 행동에 옮기는 것이 그의 성격이었다.

그는 문을 걸어 잠근 후에 탁자에 동경을 놓고 들여다보면서 공력을 끌어올렸다.

뚫어지게 동경을 쏘아보면서 공력을 얼굴로 집중시켜 피부와 골격을 움직여 보려고 노력했다.

하지만 일각 동안 땀을 흘리며 애를 써봐도 눈썹 하나 변하지 않았다.

'역시 안 되는 것인가?'

공력으로 사람의 얼굴을 바꾸다니, 이제 생각해 보니까 그 스스로도 너무 황당한 것 같았다.

하지만 이왕 내친김에 이번에는 오행지기를 끌어올려 시도해 보았다.

오행지기의 금기(金氣)와 수기(水氣), 목기(木氣), 화기(火氣)를 차례로 사용하고서도 얼굴이 변하기는커녕 수기를 끌어올렸을 때에는 얼굴에 서리가 허옇게 뒤덮이고, 화기일 때에는 머리 전체가 불덩어리처럼 시뻘겋게 변해 터져 버릴 것만 같왔다.

 실망을 금치 못한 그는 마지막으로 토기(土氣)를 끌어올렸으나 별로 기대는 하지 않았다.

 그저 오행지기의 마지막 남은 기운을 마저 해보고 그만둬야겠다는 생각일 뿐이었다.

 스스으.

 그런데 갑자기 잔잔한 수면에 잔물결이 이는 것처럼 얼굴이 미미하게 흔들리기 시작했다.

 태무랑은 실망한 나머지 동경에서 시선을 떼려다가 가볍게 놀라 급히 다시 쳐다보았다.

 착각처럼 보였다. 그래서 착각일 것이라고 생각했다. 얼굴 살갗이 잔물결처럼 일렁거리다니 있을 수도 없는 일이다.

 하지만 혹시나 하는 생각에 그는 눈을 부릅뜨고 뚫어지게 주시하며 토기로 계속 얼굴 근육과 피부를 움직이려고 노력했다.

 그런데 착각이 아니라 정말로 얼굴이 파도처럼 일렁이고 있는 것이 아닌가.

 '할 수 있다!'

 속에서 함성이 터졌다.

 오행지기의 토기는 흙의 결정(結晶)이다. 그리고 인간의 육신은 흙에서 와서 흙으로 돌아간다. 즉, 오행지기의 토기와 인간의 육신은 같은 재질인 것이다.

얼굴 살갗이 일렁거리고 있는 것은 다른 얼굴로 바꿀 수 있다는 가능성을 보여주는 것이다.

그는 어떤 얼굴로 변해볼까 생각하다가 얼마 전에 보았던 신풍개 얼굴이 떠올랐다.

이후 그는 반 시진 동안 동경을 보면서 비지땀을 흘렸다.

척—

주루의 방문이 열리고 한 사람이 걸어나왔다.

"헤헤… 이제 가십니… 엥?"

밖에 있던 점소이가 넙죽 인사를 하고서 손님의 얼굴을 쳐다보다가 그대로 뚝 굳어버렸다. 손님 얼굴이 들어갔을 때하고는 천양지차로 변했기 때문이다.

슥—

신풍개의 얼굴로 변한 태무랑은 동경을 점소이 손에 쥐어주고 성큼성큼 계단으로 걸어갔다.

점소이는 태무랑 뒷모습을 보면서 연신 고개를 갸웃거렸다.

"입고 있는 옷이나 메고 있는 무기는 아까 들어갈 때하고 똑같은데 얼굴은 영 다른 사람이네?"

태무랑은 번성에 있는 철검추풍대를 한 놈도 남겨두지 않고 모두 죽일 각오다.

단유천과 옥령이 태무랑의 생존 사실을 알고 있고, 그래서 그를 잡아들이려고 철검추풍대를 보냈다. 그러므로 태무랑도 그에 합당한 자신의 뚜렷한 의지와 더불어 강력한 경고를 보내려는 것이다.

봐라! 나는 더 이상 벌레 같은 존재가 아니다. 나는 이만큼 강해졌으니까 언젠가는 너희 두 연놈을 죽이러 찾아갈 것이다, 라는 경고 말이다.

일단 태무랑은 마을 밖으로 나가서 은밀한 곳에 염마도를 감추었다.

염마도는 너무 길어서 머리 위로 삐죽 튀어나와 눈에 잘 띄기 때문이다.

그러면서 그는 생각했다. 염마도를 떳떳하게 지니고 다니기 위해서는 지금보다 훨씬 더 강해져야만 한다고.

단유천이나 옥령뿐만 아니라, 천하의 악인들이 멀리서 염마도만 보고서도 공포에 질려서 벌벌 떨도록 만들어야 한다고 말이다.

신풍개의 모습을 한 태무랑은 철검추풍대 제육조장의 검을 메고 거리를 큰 보폭으로 걸어가고 있었다.

그가 육조장의 검을 취한 것은 그의 검이 제일 강하고 좋아 보였기 때문이다.

번성은 남북으로 두 개의 대로가 있으며, 동서로 세 개의 대로가 가로질러져 있다.

동서 세 개의 대로 중에서 가장 남쪽의 대로는 거대하게 굽이쳐 흐르는 한수와 맞닿아 있어서 제법 큰 포구가 위치해 있다.

 그 때문에 자연스럽게 대로 전체가 포구와 연관되어 살아가는 사람이나 점포들로 북적였다.

 그다음에 동서의 가운데 대로 양쪽 끝은 각기 서북쪽과 동북쪽에서 흘러내리는 고수와 조하가 한수와 합쳐지기 직전의 작은 포구를 형성하고 있어서 나름대로 작은 번화가를 이루고 있었다.

 가장 북쪽에 있는 세 번째 동서대로는 일반 주거 지역으로 많은 장원과 집들이 밀집해 있는 곳이다.

 오래지 않아서 태무랑은 가장 번화한 남쪽의 동서대로에 모습을 드러냈다.

 가장 번화하다는 것은 번성에서 사람들이 가장 많다는 뜻이며, 또한 철검추풍수들이 득실거린다는 의미다.

 그렇기 때문에 태무랑이 한바탕 들쑤셔놓기에는 적합한 장소라는 뜻이기도 하다.

 그는 동서대로의 동쪽 끝에서 서쪽 끝까지 한 차례 왕복하면서 철검추풍수들이 어디에 얼마나 있는지 파악했다.

 역시 포구 주변에 가장 많아서 칠십여 명이나 모여 있었다.

 그리고 포구 양쪽에 드문드문 십오륙 명씩 삼십여 명이 행인들 속에서 걸으며 날카롭게 주위를 살피고 있었다.
 다시 동쪽 끝으로 돌아온 태무랑은 서쪽을 향해 걷기 시작했다.
 이 정도의 삼엄한 경계 태세라면 태무랑의 본래의 얼굴로는 다섯 걸음 이상 걷기에도 불가능할 정도였다. 얼굴을 바꾸지 않았다면 거리에 나서는 것조차도 어려울 뻔했다.
 태무랑은 물결처럼 오가고 있는 행인들 속에 파묻혀서 걸어가고 있었다.
 그때 전방 삼 장 거리에서 철검추풍수 청의고수 한 명이 주위를 살피면서 마주 다가오고 있었다.
 태무랑은 피하지 않고 똑바로 청의고수를 향해 걸어갔다.
 겁이 난다거나 긴장이 되는 일은 추호도 없다. 그는 원래 선천적으로 강심장을 지닌 대담한 성격이다.
 청의고수와의 거리가 일 장으로 가까워졌다. 태무랑은 그를 어떻게 죽일지 이미 생각해 두었다.
 반 장 거리로 부딪칠 듯이 가깝게 다가온 청의고수의 시선이 태무랑을 스쳐 지나 그의 왼쪽으로 돌아갔다.
 지금 스쳐 지나고 있는 사람이 자신들이 혈안이 되어 찾고 있는 적안혈귀일 것이라고는 터럭만큼도 생각하지 않는 듯했다.
 태무랑은 청의고수의 오른쪽으로 닿을 듯이 스쳐 지나면서 자연스럽게 왼손을 들어 올려 검지를 펴서 아래에서 위로 비스듬히 청의고수의 심장을 향해 뻗었다.

 검지와 청의고수의 심장과의 거리는 불과 한 뼘 남짓이다.

 슛—

 극히 미약한 파공음에 청의고수가 재빨리 태무랑 쪽을 돌아보려고 했다.

 팍!

 "끅!"

 그러나 그보다 빨리 태무랑의 검지에서 발출된 오행지기의 목기(木氣)가 청의고수의 심장에 적중됐다.

 청의고수는 태무랑 쪽으로 고개를 돌리려고 시도조차 해보지 못하고 그 자리에서 벌렁 뒤로 나자빠졌다.

 쿵!

 태무랑은 이미 청의고수로부터 대여섯 걸음 이상 멀어지고 있는 중이었다.

 누가 보더라도 그가 청의고수를 쓰러뜨렸다고는 생각하지 않을 터이다.

 갑자기 쓰러진 청의고수 때문에 행인들이 크게 놀라서 사방으로 흩어졌다.

 하늘을 향해서 벌렁 누워 있는 청의고수의 심장에는 엄지손가락 하나가 통째로 들어갈 만한 구멍이 뚫린 채 피가 분수처럼 솟구치고 있었다.

 그러나 관통하지는 않았다. 태무랑이 심장에 세 치 깊이로 구멍을 뚫을 정도만 목기를 발출했기 때문이다. 즉, 목숨을 뺏을 정도의 목기만 발출한 것이다.

"앗! 저기!"

행인 중 누군가 쓰러져 있는 청의고수의 심장 부위를 가리키며 크게 놀라 외쳤다.

청의고수는 심장에서 피를 콸콸 뿜으면서 온몸을 격렬하게 푸들푸들 떨어댔다.

그런데 괴이한 일이 일어났다. 심장에 뚫렸던 구멍이 빠르게 좁혀지는가 싶더니 곧 막혀 버렸다.

"비켜라!"

"물러나라!"

그때 순식간에 대로 양편에서 십오 명의 철검추풍수가 우르르 몰려와 쩌렁하게 외치면서 구경꾼들을 사방으로 몰아냈다. 그들은 포구를 중심으로 동쪽을 경계하는 철검추풍수들이었다.

그와 동시에 한 명의 홍의고수, 즉 조장이 우렁차게 외쳤다.

"모두 그 자리에서 한 발자국도 움직이지 마라! 움직이는 자는 베겠다!"

순간 행인들이 일제히 걸음을 멈추고, 여자들은 겁에 질려서 그 자리에 주저앉았다.

철검추풍수들은 일사불란했다. 쓰러진 청의고수에게 세

명이 달려들어서 살펴보고, 조장은 그 자리에서 날카롭게 사방을 주시했으며, 나머지 십일 명은 대로에 멈춰 선 사람들을 빠른 속도로 살피기 시작했다.

물론 태무량도 멈춰 서 있었다. 그는 우뚝 선 채 몸을 돌려 자신이 죽인 청의고수가 있는 쪽을 묵묵히 쳐다보았다.

그리고 그곳으로부터 철검추풍수들이 멈춰 선 행인들을 한 명씩 예리하게 살피면서 다가오는 광경을 지켜보았다.

조금 전에 태무량이 청의고수에게 전개한 '목기지풍(木氣指風)'의 특징은, 사람에게 적중되면 구멍이 뚫리지만 세 호흡 안에 구멍이 감쪽같이 사라진다는 사실이다.

물론 구멍이 뚫렸던 흔적조차 남아 있지 않다. 그렇기 때문에 샅샅이 살펴봐도 몸에 바늘구멍만 한 상처 하나도 찾아내지 못한다.

더욱 신기한 것은 목기지풍으로 사람이 아닌 사물에 적중시켜도 똑같은 현상이 일어난다는 사실이다.

나무에 적중시키거나 돌에 적중시켜도 처음에는 구멍이 파였다가 세 호흡이 지나면 어김없이 원래의 상태로 복원이 되었다.

목기, 즉 나무의 기운은 만물을 생성(生成)시키기 때문이다. 만물을 살리는 기운으로 생명을 빼앗는 모순을 범했으나, 사람을 죽인 후에도 목기는 스스로의 본분을 다하느라 상처를 없애는 것이다.

태무랑 쪽으로 다가오고 있는 철검추풍수는 다섯 명이었다.

그들이 아무리 샅샅이 살핀다고 해도 청의고수를 죽인 흉수를 찾아내지는 못할 것이다.

상처도 남기지 않고 사람을 죽이는 살인자를 대저 어찌 찾아낸단 말인가.

그들은 날카로운 눈빛으로 한 사람씩 살피면서 태무랑을 스쳐 지나갔다.

신풍개의 얼굴은 언제나 웃는 모습에 마냥 사람 좋아 보이는 인상이어서 그가 청의고수를 죽였을 것이라고는 상상조차 할 수 없다.

다섯 명은 태무랑이 서 있는 곳에서 십여 장쯤 더 갔다가 다시 돌아왔다. 그들의 얼굴에는 착잡함이 역력했다.

그들은 적안혈귀가 청의고수를 죽였을 것이라고 짐작하기 때문에 적안혈귀만 찾고 있었으니, 그것은 바늘이 떨어지지 않은 백사장에서 바늘을 찾고 있는 격이었다.

"조장, 이상합니다. 어디에도 상처가 없습니다."

죽은 청의고수의 온몸을 샅샅이 살피고 난 또 다른 청의고수가 옆에 서서 주위를 둘러보고 있는 홍의고수, 즉 조장에게 보고했다.

"상처가 없어?"

조장은 무슨 헛소리냐는 듯 방금 보고한 청의고수를 밀치고 죽은 청의고수 옆에 쭈그리고 앉아 살피기 시작했다.

그러나 그도 오래지 않아서 얼굴 가득 참담한 표정을 떠올리며 중얼거렸다.

"죽은 사람의 몸에 상처가 없다니, 이게 무슨……."

세상일이란 원인이 있으면 반드시 결과가 있는 법이다.

즉, 사람이 죽었으면 그를 죽음에 이르게 한 무엇인가가 반드시 있어야만 한다.

그런데 청의고수의 죽음은 결과만 있고 원인이 없다. 실로 귀신이 곡할 노릇이었다.

[저, 저기… 소방주가 아닌가?]

대로변 어느 점포의 이층 창문에서 거리를 내려다보고 있던 두 명의 개방 제자 중 한 명이 한곳을 가리키며 놀라듯 전음을 보냈다.

그의 손가락이 가리키는 곳에는 신풍개가 거리 한가운데에 우뚝 서 있었다.

[엇! 정말이로군. 그런데 소방주께서는 분타에 계시는 게 아니었나?]

[한데 소방주 모습이 좀 이상하지 않은가? 저렇게 깨끗한 옷을 입은데다 키도 훨씬 커 보이고 또 체격도 건장한 것 같은데?]

[어쨌든 소방주가 분명하네.]

[그건 그렇군. 저런 얼굴은 닮는 것조차도 어려우니까.]

[소방주께서 적안혈귀를 찾으러 직접 나오신 것인지도 모르겠군.]

사실 개방 번성분타는 조금 전에 발칵 뒤집혔었다.

태무랑이 대로변의 어느 주루로 들어간 것을 봤는데 나오지 않고 있기 때문이다.

그래서 몇 명의 거지가 주루로 직접 달려들어 가서 샅샅이 찾아보았으나 적안혈귀의 모습은 주루 어디에서도 보이지 않았다.

그 이후 지금까지 적안혈귀는 번성 내 어디에서도 발견되지 않고 있는 중이다.

철검추풍수들은 수백 명의 행인들을 반 시진째 거리에 세워둔 채 몇 번에 걸쳐서 흉수를 찾으려고 했으나 끝내 실패하고 말았다.

아무리 힘없는 백성들이고, 무극신련의 위세가 나는 새도 떨어뜨릴 정도라고 해도 백성들을 무작정 길거리에 서 있도록 내버려 둘 수는 없는 노릇이다.

결국 조장은 행인들을 자유롭게 풀어줄 수밖에 없는 상황에 이르렀다.

적안혈귀가 청의고수를 죽인 것이 분명한데도 그를 찾아내지 못하는 철검추풍수들의 마음은 착잡하기만 했다.

그 대신 조장은 이 사실을 포구에 있는 철검추풍대주에게 보고하여 번성에 흩어져 있는 철검추풍수 이백 명을 이 일대로 불러들여 더욱 경계를 삼엄하게 하도록 했다.

통제가 풀리자 태무랑은 다시 행인들에 섞여서 포구 쪽으로 걸어갔다.

적안혈귀에게 동료를 삼십일 명이나 잃은 철검추풍수들은 거리 곳곳에서 살기가 충만한 표정으로 눈을 번뜩이며 행인들과 주위를 날카롭게 살피고 있었다.

적들이 우글거리는 곳에서 감쪽같은 살인을 성공시킨 그는 자신감이 충만해졌다.

그때 그의 눈빛이 가볍게 빛났다. 세 명의 철검추풍수가 대로변의 어느 주루로 들어가는 것을 발견한 것이다.

그는 길게 생각할 것 없이 그들이 들어간 주루의 주렴을 걷고 따라 들어갔다.

세 명의 철검추풍수, 즉 한 명의 조장과 청의고수, 황의고수는 식사를 하거나 쉬러 주루에 들어간 것이 아니다.

청의고수가 일층을, 황의고수가 이층을 살피기 시작하자 조장은 잠시 그들을 지켜보다가 점소이에게 무엇인가를 물어보았다.

뒤따라 들어간 태무랑은 회계대 앞에서 빈자리를 찾는 체 두리번거리면서 조장이 점소이에게 하는 말을 들었다.

조장은 측간을 찾고 있었다. 바깥 상황이 아무리 숨 가쁘게 돌아가고 있다고 해도 다급한 생리 현상은 어쩔 수가 없는 일이었다.

 더구나 그는 소변과 대변 모두를 너무 오랫동안 참았다. 공력으로 증발시키고 참는 것도 이미 한계에 도달한 상태라서 해결하지 않으면 곤란한 상황이었다.

 그 조장은 아까 태무랑이 죽인 청의고수를 직접 살펴보고 또 적안혈귀를 색출하려고 행인들을 길거리에 반 시진 동안 세워두었던 바로 그자였다.

 조장은 계단 옆 주방 입구를 지나서 뒷문을 통해 뒷마당으로 나갔다.

 이후 조장은 측간에 들어갔다가 일다경 만에 나왔다.

 "휴우……."

 추운 날씨인데도 볼일을 보느라 얼마나 용을 썼는지 그는 이마에 맺힌 땀을 닦으면서 측간에서 나왔다.

 조장은 측간에서 약간 떨어진 곳에 서 있는 신풍개 얼굴을 하고 있는 태무랑을 힐끗 쳐다보았다가 시선을 거두고 주루 뒷문으로 걸어갔다.

 태무랑이 측간에 가려고 밖에서 기다리고 있었다고 생각한 모양이다.

 그러다가 조장은 뚝 걸음을 멈추었다. 낯선 자가 측간 밖에 서 있는 것을 추호도 감지하지 못했었다는 사실에 생각이 미친 것이다.

그가 감지하지 못할 정도면 고수가 분명하다, 라는 생각이 번쩍 들면서 재빨리 몸을 돌리려고 할 때.

퍽!

"큭!"

한줄기 갈색의 지풍, 즉 목기지풍이 그의 뒤통수와 미간을 관통했다.

어느새 기척없이 조장 뒤에 와 있던 태무랑은 조장이 쓰러지는 것을 가볍게 잡아서 근처의 허름한 창고 안으로 들어갔다.

잠시 후에 조장이 혼자 걸어나왔다. 그러나 사실은 조장의 모습으로 변장한 태무랑이었다.

그는 창고 안에서 조장의 얼굴로 바꾼 후 조장의 옷으로 갈아입고 나온 것이다.

태무랑이 주루로 들어가자 청의고수와 황의고수가 주루 안을 살펴보기를 마치고 조장을 기다리고 있다가 태무랑에게 고개를 숙여 보였다.

"이상없습니다."

그들은 태무랑이 가짜 조장일 것이라고는 꿈에서도 상상하지 못했다.

태무랑은 고개를 가볍게 끄덕이고 밖으로 나갔다.

이어서 주루 밖으로 나가자마자 옆에 있는 골목으로 꺾어져 들어갔다.

 조장이 가기 때문에 청의고수와 황의고수는 아무 말도 하지 않고 따라왔다.

 골목 안은 대로에서 보이기 때문에 태무랑은 안쪽에서 한 번 더 오른쪽으로 꺾어졌다.

 그는 청의고수와 황의고수를 죽일 적당한 장소를 찾으려고 주위를 둘러보면서 걸었다.

 하지만 청의고수와 황의고수 눈에는 조장이 적안혈귀를 찾으려는 행동으로 비춰졌다.

 그때 골목 깊숙한 곳의 어느 집 문이 열려 있는 것을 발견한 태무랑은 턱으로 집 안쪽을 가리켰다. 안쪽을 살펴보라는 뜻이다.

 청의고수와 황의고수는 즉시 앞서서 집 안으로 들어가고 태무랑이 뒤를 따랐다.

 스릉—

 뒤따르는 태무랑이 천천히 어깨의 검을 뽑았다.

 그러자 앞선 두 명도 따라서 검을 뽑으며 긴장하는 표정을 지었다.

 하지만 그들은 뒤돌아보지 않고 전방과 좌우를 경계하며 집 안으로 점점 더 들어갔다.

 태무랑이 검을 뽑은 이유가 이 집이 심상치 않기 때문인 것으로 오해한 것이다.

추호의 의심도 받지 않은 채 검을 뽑은 태무랑은 번개같이 청의고수와 황의고수의 뒷목을 그어버렸다.
 파곽!
 "끅!"
 "캑!"

第二十七章

사냥

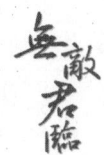

[어떻게 된 거지? 소방주가 저 주루에 들어가신 이후 아직까지 나오지 않으신다.]

얼마 전에 거리에서 우연히 신풍개를 발견한 개방 제자들은 호위 차원에서 그를 멀찍이 따르고 있다가 난감한 표정을 지었다.

일각 전쯤에 우연인지 모르지만 철검추풍대 조장과 청의고수, 황의고수를 뒤따라 주루에 들어갔던 신풍개가 여태껏 나오지 않고 있는 것이다.

밖에서 기다리다가 지친 두 명의 개방 제자는 결국 직접 주루 안으로 들어가서 샅샅이 찾아봤다.

그러나 신풍개는 하늘로 솟았는지 땅으로 꺼졌는지 감쪽같이 사라진 상태였다.

아까는 적안혈귀가 어느 주루에 들어갔다가 나오지 않고 대신 신풍개가 나오더니, 이제는 신풍개가 다른 주루에 들어갔다가 증발해 버린 것이다.

주루 밖으로 나온 두 명의 개방 제자는 황당한 표정으로 주위를 두리번거렸다.

그즈음 거리의 상황은 극도로 악화되어 있었다. 곳곳에서 철검추풍수들이 원인 모르게 실종되거나 시체로 발견되고 있었기 때문이다.

두 명의 개방 제자는 신풍개에 대한 일을 즉시 분타에 보고하고 자신들은 본래의 임무, 즉 적안혈귀를 찾는 일로 복귀했다.

태무랑이 조장의 모습으로 변신한 것은 정말 잘한 일이었다.

그는 아무런 의심도 받지 않은 채 남쪽의 대로를 활보하면서 반 시진에 걸쳐 철검추풍수 이십 명을 죽였다.

처음에 죽인 일 개 조와 이후에 거리에서 목기지풍으로 죽인 청의고수 한 명, 그리고 주루의 측간과 골목에서 연이어 죽인 조장과 청의, 황의고수까지 합하면 모두 오십사 명을 죽인 것이다.

철검추풍대는 적안혈귀가 어디에 있는지도, 그의 진면목조차 보지 못한 채 속수무책으로 당할 수밖에 없었다.

그만큼 극도로 날카로워진 철검추풍대는 남쪽의 대로에 철검추풍수 전원을 불러들여서 겹겹이 포위망을 형성하고 있었으나 이렇다 할 성과는 거두지 못했다.

그들은 자신들이 마치 보이지 않는 투명인간을 상대하는 듯한 자괴감에 빠져 있었다.

그러다가 철검추풍대는 한 가지 묘안을 궁리해 냈다.

땅거미가 지고 날이 어두워지기 시작하자 번성의 모든 사람들의 통행을 전면적으로 금지시켜 버린 것이다.

점포들은 통상적으로 해시(밤 10시)까지 영업을 하고, 포구에서는 배에서 짐을 내리고 싣는 작업을 밤새워서 하지만 철검추풍대의 명령을 거역할 수는 없었다.

그래서 점포들은 모두 문을 닫았으며, 포구의 일꾼들도 일찌감치 숙소로 들어갔다.

번성은 채 유시(저녁 6시)가 되지도 않은 이른 시각인데도 마을 전체가 괴괴한 적막에 잠겨 버렸다.

그런 상황에서 철검추풍대만이 번성 포구를 중심으로 삼엄한 경계와 수색을 펼치고 있었다.

은지화는 태무랑이 시킨 대로 객잔에 방을 잡고 틀어박혀서 꼼짝도 하지 않았다.

그녀가 한 일은 객잔 마구간에 있는 구준마가 잘 있는지 두 번 내려가 본 것이 전부였다.

그리고는 창문을 살짝 열고 그 틈으로 거리를 내다보면서 태무랑의 모습을 찾아보거나 철검추풍수들의 움직임을 관찰하는 것으로 소일했다.

그녀는 객방에 들어온 이후 잠시도 침상이나 의자에 앉아서 편하게 쉬지 못했다.

태무랑의 안위를 염려했기 때문에 그럴 수가 없었다. 그녀가 창가에 매달려 있다고 해서 태무랑이 무사히 돌아오는 것도 아닌데, 그녀는 마치 간절하게 기도하는 표정으로 창에서 떠나지 못했다.

그런데 땅거미가 깔릴 무렵에 철검추풍수들이 거리의 행인들을 강제로 쫓아내는 광경이 목격됐다.

그래서 은지화는 철검추풍대의 의도를 대충 짐작하고는 태무랑에 대한 걱정 때문에 안절부절못하고 있는 중이었다.

객방 바깥에서는 철검추풍대에 의해서 쫓겨온 많은 사람들이 빈 객방을 서로 먼저 달라고 아우성치는 소리로 시끌벅적했다.

척!

그때 은지화가 있는 객방 문이 벌컥 열렸다.

창을 살짝 열고 밖을 내다보며 초조한 표정을 짓고 있는 은지화는 문을 돌아보다가 움찔 몸이 굳어졌다.

"……!"

철검추풍대 황의고수 한 명이 방 안으로 거침없이 들어와 문을 닫는 것을 목격했기 때문이다.

건장한 체격의 황의고수는 창가에 선 채 얼어붙어 있는 은지화를 한 번 힐끗 보더니 그대로 침상으로 가서 벌렁 누워버렸다.

은지화는 놀라면서도 한편으로는 어이없다는 표정으로 황의고수를 쳐다보았다.

저자가 도대체 왜 저런 행동을 하는 것인지 의도를 알 수가 없었다.

신풍개의 말로는 철검추풍대가 적안혈귀만 노린다고 했었다.

그러므로 은지화에게는 볼일이 없는 것이다. 그런데 저 황의고수의 행동은 무엇을 뜻하는 것이란 말인가.

'설마……'

그녀는 혹시 황의고수가 자신을 희롱하거나 겁간하기 위해서 들어왔을지도 모른다는 것에 생각이 미쳤다.

황의고수의 거침없는 행동을 보면 그런 생각이 들고도 남음이 있다.

그런데 침상에 누워 있는 황의고수가 나직하게 코를 골기 시작하는 것이 아닌가. 자고 있는 것이다.

은지화는 어이없다는 표정을 지었다. 잔다는 것은 은지화를 희롱하거나 겁간할 뜻이 없다는 의미다.

아니, 그걸 떠나서 아예 은지화 따윈 안중에도 없다는 행동이다. 그녀는 황의고수의 괴이한 행동을 도저히 이해할 수가 없었다.

그녀는 황의고수가 혹시 다른 속셈이 있나 싶어서 창가에 선 채 꼼짝도 하지 않고 지켜봤으나 황의고수는 고른 숨소리를 내면서 깊이 잠든 듯했다.

'뭐야? 저 작자…….'

은지화는 발끈했으나 한동안 그 자리에 가만히 서 있다가 조심스럽게 황의고수에게 다가갔다.

이곳은 은지화가 빌린 방이다. 그런 곳에 철검추풍대 황의고수가 멋대로 들어와서 잔다는 것은 있을 수 없는 일이었다.

상대가 무극신련의 철검추풍수라고 해도 은지화는 낙양의 명문정파인 낙성검문의 소문주가 아닌가.

아무리 무극신련이라고 해도 그녀를 함부로 대할 수는 없는 것이다.

이윽고 그녀는 침상 가에 섰다. 그런데 황의고수를 굽어보는 그녀의 가슴에서 웬일인지 이유 모를 분노가 솟구쳐 올랐다.

무극신련은 정파의 대들보 같은 존재고 낙성검문도 정파이기 때문에 은지화가 황의고수를 보고 분노를 느낄 하등의 이유가 없다.

하지만 그녀는 자신이 어째서 황의고수에게 분노를 느끼는 것인지 곧 깨달았다.

무극신련의 대공 단유천과 소저 옥령, 즉 쌍천자가 태무랑에게 한 짓 때문이었다.

은지화는 쌍천자가 금강불괴지신이라는 허황된 목적을 이루기 위해서 태무랑에게 어떤 짓을 했는지 잘 알고 있었다.

태무랑은 자신이 갇혀 있던 곳을 '지옥'이라고 말했었다. 하지만 은지화는 지옥이라는 표현으로는 그곳을 설명하기에 부족하다고 생각했다. 그곳은 지옥보다 더 지독하고 참혹한 곳이다.

태무랑이 그곳에 갇혀서 벌레보다 못한 목숨을 이어가고 있을 때, 그의 모친과 남동생은 고향에서 굶어 죽었으며 여동생은 소금장수에게 끌려가 인신매매를 당했다.

쌍천자는 비단 태무랑 한 사람에게만 죄를 지은 것이 아니라 그로 인해서 한 가족을 풍비박산 만들어 버린 것이다.

만약 은지화가 태무랑이었다면 그 처절한 고통과 분노와 절망을 견디지 못하고 미쳐서 죽어버리고 말았을 것이다.

그런데 쌍천자는 태무랑이 살아 있다는 사실을 알고 그를 잡아오라고 철검추풍대를 보냈다.

태무랑에게 백배사죄를 해도 모자라는 판국에 그에게 또 죄를 짓고 있는 것이다.

그래서 지금 은지화는 황의고수를 쏘아보면서 더할 수 없는 분노를 느끼고 있는 것이다.

'죽여 버리겠어!'

잠깐 사이에 분노가 짙은 살의(殺意)로 변했다.

은지화는 천천히 조심스럽게 오른손을 들어 어깨의 검파를 움켜잡았다. 발검하자마자 일검에 황의고수를 죽여 버릴 생각이다.

그다음에는 어떻게 할지 생각하지 않았다. 일단 죽여놓고 나서 궁리할 생각이었다.

그런데 그녀가 막 검을 뽑으려고 하는데 황의고수가 번쩍 눈을 떴다.

"……!"

순간 은지화는 그 자리에서 얼어붙었다. 그러면서도 어서 검을 뽑아서 황의고수를 죽여야 한다고 생각했다. 황의고수는 무방비 상태로 있기 때문에 은지화의 공격을 피하거나 막지 못할 것이다.

그런데 황의고수가 은지화를 물끄러미 쳐다보다가 졸린 듯한 목소리로 중얼거렸다.

"화야, 그만 자라."

"……!"

은지화는 혼비백산하여 눈을 휘둥그렇게 뜨고 황의고수를 쳐다보았다.

방금 들은 목소리는 태무랑의 것이 분명했다. 그런데 얼굴은 전혀 다른 사람이지 않은가.

그녀는 눈동자가 크게 흔들리면서 조심스럽게 물었다.

"당신… 인가요?"

혹시 태무랑이 역용술(易容術)로 변장을 했을지도 모른다는 생각에서다.

그녀의 행동을 보고서야 황의고수, 아니, 태무랑은 자신의 얼굴이 본모습이 아니라는 사실을 깨달았다.

거리에서 철검추풍대의 여러 모습으로 변신을 하다가 마지막 모습으로 객잔에 들어오고는 본모습으로 환원하는 것을 깜빡 잊었던 것이다.

스으으.

그때 황의고수의 얼굴이 잔물결처럼 일렁이는 것 같더니 빠르게 다른 모습으로 변하기 시작했다. 태무랑이 토기를 일으켜 용모를 바꾸려 하는 것이다.

은지화는 소스라치게 놀라며 눈을 더욱 크게 떴다.

"아아……."

그녀가 경악하고 있는 사이에 황의고수의 얼굴은 어느새 태무랑의 얼굴로 변해 있었다.

은지화는 귀신에 홀린 듯한 표정으로 눈도 깜빡이지 않고 태무랑의 얼굴을 바라보았다.

"정말… 당신인가요?"

"그래."

태무랑이 눈을 끔뻑이면서 대답하자 은지화는 고개를 살래살래 가로저었다.
"믿을 수가 없어요."
얼굴에 인피면구(人皮面具)를 쓰거나 역용약(易容藥)을 바른 것도 아니고, 얼굴 피부가 잔물결처럼 일렁거리더니 황의 고수의 얼굴이 태무랑의 얼굴로 변하는 것을 보고는, 은지화는 조금 전보다 더 그가 태무랑이라는 사실을 믿지 못하게 된 것 같았다.
"당신이라는 증거를 대봐요."
그녀는 여차하면 벨 각오로 검파를 잡은 손에 힘을 주며 차갑게 말했다.
태무랑은 마음대로 하라는 듯 눈을 감으며 중얼거렸다.
"쓸데없는 소리 그만해라, 오줌싸개."
"아아······."
은지화가 오줌싸개라는 사실을 아는 사람은 천하에 태무랑 한 사람뿐이다.
지금 이 순간 은지화는 '오줌싸개'라는 소리가 너무도 반갑게 들렸다.
"놀라서 혼절할 뻔했잖아요!"
와락!
너무 놀라고 또 기쁜 나머지 은지화는 눈물을 흘리면서 태무랑에게 몸을 날렸다.

그녀는 누워 있는 태무랑 위에 몸을 포개고 그의 가슴을 작은 주먹으로 두드리면서 앙탈을 부렸다.

"당신 때문에 간이 콩알만 해졌어요. 몰라요, 몰라."

"본래 모습으로 바꾸는 것을 잊고 있었다."

은지화는 태무랑이 얼굴을 마음대로 바꿀 수 있다는 놀라운 사실보다는, 그에게 매달려서 앙탈과 애교를 부리는 데 더 열중하고 있었다.

은지화는 정말 오랜만에 편안히 잠을 푹 잤다.

새벽녘에 눈을 살며시 떴을 때 그녀는 자신이 태무랑을 향해 누워서 그의 팔을 베고 자고 있는 것을 깨달았다.

그 순간 그녀는 자신과 태무랑이 마치 부부 같다는 생각이 들었다.

그 생각만으로도 그녀는 얼굴이 홍시처럼 빨개지고 심장이 마구 두근거렸다.

그녀는 태무랑의 얼굴을 가만히 바라보았다. 면도를 하지 않아서 파르라니 까칠하게 난 수염마저도 그녀의 눈에는 그렇게 멋질 수가 없었다.

그녀는 태무랑을 보고 한눈에 반한 것이 아니다. 아니, 그것하고는 아예 거리가 멀다.

그녀에게 태무랑은 공포의 대상이었다. 오죽하면 그를 보기만 하면 때와 장소를 가리지 않고 오줌을 쌌었겠는가.

그런 상황이면서도 은지화와 태무랑은 어떤 보이지 않는 질긴 인연의 끈으로 연결되어 있었다.

은지화는 태무랑을 만나는 것이 그렇게 두렵고 싫으면서도 그의 앞에 나타날 수밖에 없는 상황이었다.

그렇게 두 사람은 엎치락뒤치락하는 과정에서 조금씩 마음을 열게 되었고, 지금 이 상황까지 이르렀다.

강북무림에서 가장 아름다우면서도 무공과 학식이 뛰어난 세 여자를 '강북삼미'라고 한다.

그녀들은 강북무림뿐만 아니라 강남무림의 소년과 청년들마저도 꿈속에서조차 한 번이라도 만나기를 소원할 정도로 유명하다.

물론 강남무림을 대표하는 미인인 강남삼미(江南三美)가 따로 있지만, 강남에 있는 사내라고 해서 반드시 강남삼미만 좋아하는 것은 아니었다.

하늘에 떠 있는 해와 달은 누구나 바라볼 수 있다. 아름다운 미인도 그와 같아서 누구나 연모할 수 있는 것이다.

그렇기 때문에 은지화는 열대여섯 살 어린 나이 때부터 끝없이 밀려드는 혼담으로 골머리를 썩었었다.

무림의 명문정파는 물론이고, 심지어 왕후장상의 자제들까지도 그녀를 아내로 맞이하고 싶어했다.

그뿐 아니라 그녀와 사귀고 싶어서 낙성검문에 찾아오는 소년과 청년들이 그야말로 문전성시를 이루었다.

그런데도 은지화는 외눈 하나 까딱하지 않았다. 수많은 남자들 중에서 마음에 드는 사람이 있고 없고를 떠나서 아예 남자 자체에 흥미가 없었기 때문이다.

그랬었던 그녀가 지금은 자신과 태무랑이 마치 부부 같다는 생각을 하면서 얼굴을 붉히고 있는 것이다.

그녀는 아무것도 하지 않은 채 태무랑 품에 안긴 이대로 시간이 멈춰 버렸으면 좋겠다는 생각이 들었다.

그리고 죽을 때까지 그와 함께 지낼 수만 있다면 소원이 없겠다는 마음이 간절했다.

지금 그녀는 가슴이 터질 것처럼 크게 부풀어 있었다. 그리고 그것이 행복이라는 사실을 깨달았다. 이런 기분은 난생처음 느껴본다.

그리고 이런 기분은 태무랑하고 있을 때만 느낄 수 있는 것이라는 사실을 알게 되었다.

그녀는 태무랑의 얼굴에서 시선을 거두고 눈을 감으며 팔을 뻗어 그의 가슴에 조심스럽게 얹었다.

'너무 행복해……'

가슴에서 시작된 행복의 기운이 점차 그녀의 온몸으로 살금살금 퍼져 나갔다.

날이 밝아 아침이 되었다.

어제저녁부터 아침까지 번성 내의 모든 사람들을 강제로

통행금지시켰던 철검추풍대는 결국 아무런 소득도 건지지 못했다.

　통행금지를 시키자마자 태무랑은 은지화가 얻어놓은 객방으로 와서 잤으니 당연한 일이었다.

　그렇지만 철검추풍대는 날이 밝은 이후에도 통행금지를 지속하지는 못했다.

　만약 그랬다가는 번성의 백성들이나 번성을 드나드는 모든 사람들의 생업을 마비시켜 버리는 결과를 불러올 것이기 때문이다.

　그게 아니더라도 통행금지를 지속시키면 철검추풍대는 안전할는지 몰라도 적안혈귀마저도 나타나지 않기 때문에 그를 잡는 일이 불가능해진다.

　그래서 결국 철검추풍대는 아침 진시(8시)를 기해서 통행금지를 해제하기에 이르렀다.

　"오십여 명이라고요?"
　"그래."
　철검추풍수를 몇 명이나 죽였느냐는 물음에 태무랑이 약 오십 명쯤 될 거라고 말하자 은지화는 두 눈을 휘둥그렇게 뜨고 한동안 아무 말도 못했다.
　"아아… 굉장하군요."
　한참 만에야 은지화는 숨을 토해내며 탄성을 터뜨렸다.

"그 정도 했으면 철검추풍대가 혼쭐이 났을 거예요."

그녀는 태무랑의 눈치를 살피면서 조심스럽게 말했다. 그만큼 많이 죽였으니까 이 정도에서 그만두고 이제 갈 길을 가자는 뜻이다. 물론 태무랑이 무슨 변고를 당할까 봐 염려하기 때문이다.

그러자 태무랑은 지그시 어금니를 악물고 두 눈에서 은은한 혈광을 흘려내면서 중얼거렸다.

"개들을 마지막 한 마리까지 다 죽이기 전에는 이곳을 떠나지 않을 것이다."

'개'란 철검추풍수들을 가리키는 말이다.

태무랑이 단유천과 옥령에게 당한 것을 생각하면 무극신련을 아예 통째로 몰살시켜도 원한이 풀리지 않을 것이다.

그것을 잘 알고 있기에 은지화는 입을 다물고 걱정스런 표정으로 그를 바라볼 뿐이었다.

태무랑이 일어나면서 말했다.

"너는 여길 떠나라."

은지화는 화들짝 놀랐다.

"무… 슨 말이에요?"

"구준마를 데리고 여길 떠나 종상(鐘祥)에서 기다려라."

종상은 번성에서 한수를 따라 남쪽으로 삼백여 리쯤 하류로 내려간 곳에 위치한 현이다.

"그래야 내가 안심하고 싸울 수 있다."

은지화의 안위를 염려해서 하는 말이다. 그녀는 태무랑을 걱정하고 있는데, 그는 또 그녀를 걱정하고 있었다.

그런 마음을 아는 은지화는 가슴이 뭉클했으나, 그렇기 때문에 태무랑이 더욱 걱정됐다.

"하지만……."

"그래 줬으면 좋겠다."

"…알았어요."

결국 은지화는 고개를 끄덕일 수밖에 없었다. 자신이 이곳에 있어봐야 태무랑에게 아무런 도움이 되지 않고 오히려 걱정만 시킬 것이라는 사실을 알기 때문이다.

그녀는 태무랑을 말끄러미 바라보다가 그의 품에 살며시 안겨들었다. 그리고는 그를 올려다보면서 간절한 표정으로 당부했다.

"당신에게 무슨 일이 생긴다면… 아마 소녀는 살 수 없을 거예요."

지금 그녀가 할 수 있는 일은 이것뿐이다. 하지만 그녀는 이렇게 함으로써 자신의 마음을 고백했다.

태무랑은 자신의 품에 꼭 안겨 있는 은지화를 물끄러미 굽어보다가 그녀를 떼어내고 성큼성큼 문으로 걸어갔다.

* * *

"이것들이 무슨 헛소리를 지껄이는 거야?"

개방 번성분타주는 앞에 서 있는 두 명의 개방 제자를 쏘아보며 험악한 얼굴로 발을 굴렀다.

"적안혈귀를 놓쳐 버리고는 이따위 말도 되지 않는 변명을 늘어놓다니, 혼이 나봐야 정신을 차리겠구나!"

두 명의 개방 제자는 억울하다는 표정을 지었다.

"분타주, 절대 변명이 아닙니다."

"억울합니다. 우린 정말로 소방주를 봤습니다."

이곳은 개방 번성분타인 마을 동남쪽 조하 강변 포구에서 멀지 않은 어느 창고 안이다.

번성에 기반을 두고 있는 소규모 상단의 창고인데 개방에 무상으로 빌려주어 분타로 사용하고 있는 것이다.

개방 번성분타에는 이십여 명의 개방 제자가 있었는데, 어제 그들 거의 대부분이 적안혈귀를 미행, 감시하는 임무를 수행했었다.

몇 명이 적안혈귀를 계속 미행하는 것이 아니라, 번성을 열 개의 구역으로 나누어 개방 제자가 두 명씩 짝을 이루어 자신의 구역 내에서 적안혈귀를 미행, 감시하는 것이었다.

그런데 이 두 명은 자신의 구역 내에서 적안혈귀를 놓쳐 버리고 희한한 소리를 하고 있는 것이다.

"이놈들, 안 되겠구나."

분타주는 소방주 신풍개가 뻔히 지켜보고 있는데 제자들

사냥 73

이 헛소리를 하자 당황해서 필요 이상으로 화를 냈다.

"가만있게."

그런데 신풍개가 손을 들고 분타주를 제지하고 나서며 두 명의 제자를 쳐다보았다.

"다시 자세히 설명해 봐라."

두 명의 제자는 죽다가 살아난 표정을 지으며 자신들이 적안혈귀를 미행하다가 주루에서 놓쳤으며, 그 주루에서 신풍개가 불쑥 나타났다는 것, 그래서 다시 그를 뒤쫓았는데 그마저도 다른 주루에서 놓쳤다는 내용을 침을 튀겨가면서 상세히 설명했다.

"방금 말씀드린 내용에 추호라도 거짓이 있다면 제자들의 목을 베십시오, 소방주."

두 명의 제자는 설명을 하고 나서 금방이라도 눈물을 흘릴 것 같은 표정을 지었다.

"알겠다."

신풍개는 고개를 끄덕였다. 그는 제자들이 거짓말을 하는 것이라고는 생각하지 않았다.

그렇다면 그들의 말이 사실이라는 얘긴데, 그 말을 믿자니 너무 허무맹랑했다. 사실 신풍개는 어제 종일 이곳에 있었기 때문이다.

"어제 너희들이 봤다는 신풍개에게 이상한 점은 발견하지 못했느냐?"

신풍개는 자신의 별호를 자신이 말하면서 물으려니까 기분이 이상했다.

그러자 두 명의 제자가 눈을 빛냈다.

"그리고 보니까 이상한 점이 있었습니다. 어제 본 소방주는 키가 매우 컸습니다. 소방주보다 머리 하나는 더 큰 것 같았습니다."

"그리고 또 몹시 묵직하고 의젓한 모습이고 분위기였습니다. 어떤 은은한 기도 같은 게 느껴졌다고 해야 하나……."

원래 신풍개는 키가 짜리몽땅하고 가벼우며 촐싹거리는 분위기인데 어제 본 신풍개는 아니라는 뜻이다.

"키가 크고 묵직한 기도를 풍겼다면 절대 나는 아니로군."

누구보다 자신에 대해서 잘 알고 있는 신풍개는 고개를 끄덕였다.

여러 면으로 봤을 때 신풍개가 아닌 것만은 분명하다. 그렇다면 대체 그자가 누구란 말인가.

더구나 개방이 확인한 바에 의하면 어제는 철검추풍수가 이십여 명 이상 의문의 죽임을 당했다.

그래서 신풍개는 가짜 신풍개의 출현과 철검추풍수 이십여 명의 죽음이 서로 연관이 있을 것이라고 짐작했다.

하지만 짐작할 수 있는 것은 거기까지 뿐이었다.

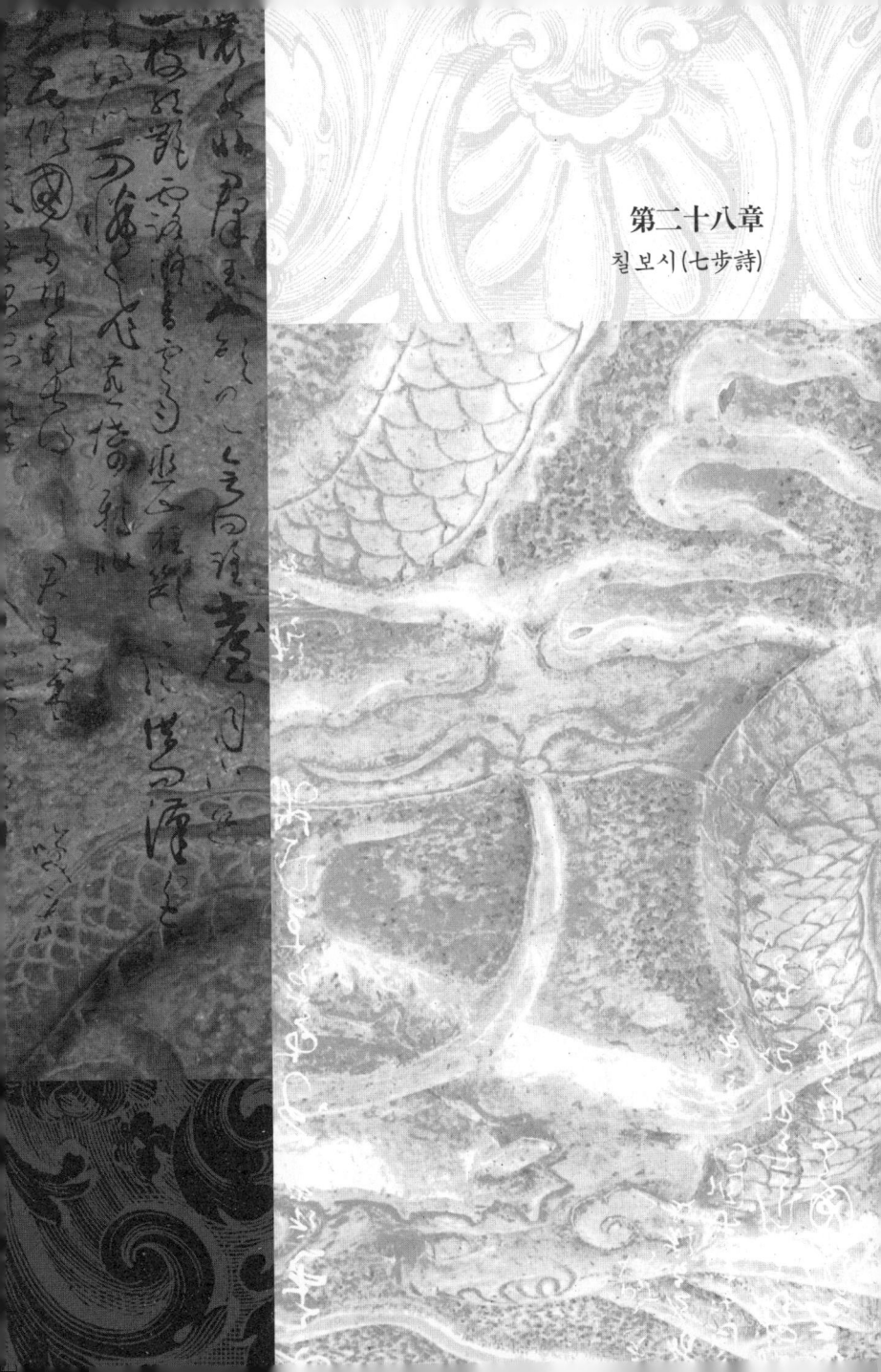

第二十八章
칠보시(七步詩)

정오가 지났다.

태무랑은 예전에 은지화와 함께 다녔던 낙성검문의 차도익으로 변신한 모습이었다.

그는 아침에 객잔에서 나와 지금까지 열 명의 철검추풍수를 죽였다. 그로써 그가 죽인 철검추풍수는 도합 육십이 명으로 늘어났다.

두 시진 동안 열 명. 너무 더딘 속도다. 이런 식으로 철검추풍대를 언제 다 죽일 수 있을 것인가를 생각하니 마음이 조급해졌다.

그가 두 시진 동안 철검추풍수를 열 명밖에 죽이지 못한 데에는 그럴 만한 이유가 있었다.
 거리에서 철검추풍수들을 찾아보기가 어려웠기 때문이다. 어제까지만 해도 거리를 걸으면 몇 걸음마다 철검추풍수하고 마주쳤었는데, 오늘은 그들의 모습을 발견하는 것조차도 어려웠다.
 그래서 태무랑은 한 가지 결심을 했다. 포구 쪽으로 가보려는 것이다. 포구에 철검추풍대의 본진(本陣)이 집결해 있기 때문이다.
 그에게는 다른 사람의 얼굴로 마음먹은 대로 변하는 능력이 있으니까 그것을 믿어보기로 했다.
 잘못될 일은 없을 것 같았다. 위기에 처하면 즉시 다른 사람으로 변하면 될 것이다.
 그리고 혼신의 힘을 다해서 싸우면 철검추풍대가 아니라 그보다 더 강한 존재들이라고 해도 모조리 깨부술 수 있다는 자신감이 넘쳤다.

 포구는 배들이 정박하는 곳과 거리 쪽에 면한 넓은 광장, 그리고 광장 좌우에 작은 산처럼 쌓여 있는 화물들, 그렇게 세 구역으로 나누어졌다.
 포구의 풍경은 여느 때와 변함이 없었다. 정박해 있는 여러 척의 배에서 화물을 내리거나 싣고, 또 사람들이 타고 내렸으며, 짐을 실은 여러 대의 수레들이 꼬리를 물고 광장에서 거리 쪽으로 이어졌다.

태무랑은 포구의 광장으로 들어서며 재빨리 주위를 살펴보았다.

광장 한복판에 십여 명의 철검추풍수가 모여 있고, 배들이 정박해 있는 포구 쪽에 십여 명이 있으며, 광장에서 거리로 들어가는 통로 쪽에 십여 명이 있었다.

모두 합해서 삼십여 명이다. 태무랑이 예상했던 것보다는 턱없이 적은 수다.

또한 철검추풍대의 최고 우두머리, 즉 대주의 모습이 보이지 않았다. 이곳에 대주가 있을 것이라고 생각했었는데 예상이 빗나갔다.

하지만 태무랑은 별로 의심하지 않았다. 철검추풍수들이 어디에서 무엇을 하고 있든, 그는 그들을 찾아내서 한 명씩 차례차례 죽이면 되는 것이다.

포구와 광장에 철검추풍수 외에 장사꾼이나 짐 나르는 일꾼들, 그리고 배에서 타고 내리는 승객들이 매우 많다는 사실이 태무랑에게 위안이 되었다.

복잡하다는 것은 태무랑이 철검추풍수를 죽이고 나서 은신하는 것이 용이하다는 뜻이다.

태무랑은 포구까지 걸어갔다가 배에서 내리는 사람들 속에 섞여서 다시 광장을 가로질러 거리 쪽으로 향했다.

거리에서 포구까지 한 차례 둘러보고 난 그는 광장과 거리의 통로를 지키고 있는 십여 명의, 아니, 정확하게 열한 명의 철검추풍수를 급습하는 것으로 계획을 정했다.

공격하는 시간은 불과 한 호흡, 길어야 두 호흡뿐이다. 그 안에 되도록 많은 자들을 죽여야 한다.

그리고는 인파에 섞여서 거리 쪽으로 도주한 후에, 거리의 철검추풍수들을 죽일 것이다.

그는 삼 장 폭의 통로 양쪽에 철검추풍수 다섯 명과 여섯 명이 서로 마주 보는 자세로 서 있는 모습을 유심히 살피면서 어떻게 해야 단번에 최대한 많이 죽일 수 있을 것인가를 계산하며 점점 가까이 다가갔다.

삼 장 폭의 통로를 통해서 광장 쪽과 거리 쪽의 수레의 행렬과 사람들이 오고 가야 하기 때문에 양쪽 통로 입구에 수레와 많은 사람들이 서서 차례를 기다리고 있었다.

통로 양쪽에 서 있는 철검추풍수들 뒤쪽에는 짐들이 높게 쌓여서 벽을 형성하고 있었다.

이윽고 태무랑의 차례가 되어 그는 어느 수레의 뒤꽁무니를 따라서 천천히 거리 쪽으로 걸어갔다.

열한 명의 철검추풍수는 통로를 지나는 사람들을 날카롭게 살펴보고 있었다.

태무랑은 차도익의 모습을 하고 있기 때문에 추호도 의심을 받지 않았다.

그는 양쪽에 서 있는 철검추풍수의 첫 번째에 이른 순간 재빨리 왼쪽을 향해 양손을 뻗었다.

화우웅!

순간 그의 쌍장에서 시뻘건 불기둥, 즉 극양지기 장풍이 번갯불처럼 뿜어졌다.

불과 반 장 남짓 가까운 거리에서 발출한 장풍을 철검추풍수가 피한다는 것은 있을 수도 없는 일이었다.

통로 왼쪽의 철검추풍수들은 움찔 놀라며 태무랑과 그가 발출한 장풍을 쳐다봤다.

무림에는 장풍을, 그것도 극양지기를 사용하는 사람이 극히 드물기 때문에 철검추풍수들 얼굴에는 극도의 놀라움이 떠올라 있었다.

피하고 자시고 할 겨를도 없는 사이에 불기둥은 코앞까지 쇄도하고 있었다.

퍼퍽!

그 순간 첫 번째와 두 번째에 서 있던 두 명의 철검추풍수는 똑같이 극양지기에 가슴이 적중당해서 주먹만 한 구멍이 뻥 뚫렸다.

하지만 그것으로 끝난 게 아니다. 구멍을 중심으로 거센 불길이 맹렬하게 타올랐다.

화르릉!

온몸이 불에 휩싸인 두 명은 스르르 뒤쪽으로 쓰러지고, 그 옆에 서 있던 세 명은 태무랑을 공격하기 위해서 다급히 검을 뽑았다.

 그러나 그 순간 태무랑은 어느새 오른쪽의 철검추풍수 여섯 명을 향해 빛처럼 쏘아가며 어깨의 검을 뽑고 있었다.

 스응!

 거리가 일 장 반뿐이라서 쏘아가자마자 오른쪽 철검추풍수 코앞에 이르렀다.

 동시에 그가 새로 창안한 염마도법 제이초식 분광작렬(分光炸裂)이 전개되었다.

 스빠자작!

 흡사 검첨에서 번갯불이 뿜어지는 듯한 광경이다.

 그것은 무적칠절검의 장점과 산화칠검의 장점을 발췌해서 만든 것으로, 몹시 빠르면서도 단 일 검에 최대 다섯 개의 목표를 향해 공격을 펼칠 수가 있었다.

 한줄기 빛이 다섯 개로 분광, 즉 쪼개지면서 적의 몸에 맞아 터지듯이 구멍을 뚫는 놀라운 검법이다.

 물론 검풍이나 검기를 발출하는 것은 아니다. 그런 것은 초절고수만이 가능하다.

 무림 전체에 그 정도 실력자는 열 손가락 안에도 꼽히지 않을 것이다.

 태무랑의 분광작렬은 빛을 쪼개는 것처럼 순식간에 여러 개의 표적을 찌르거나 베는 초식이다.

 하지만 아직 완전하지 않은 탓에 다섯 개 중에 세 개만이 철검추풍수를 적중시켰다. 두 명은 목이고 한 명은 가슴에 적중됐다.

"끄악!"

"크액!"

날카로운 물체가 목이나 가슴을 꿰뚫을 때 인간은 오래 참았던 숨을 급격하게 터뜨리는 듯한 단말마적인 비명밖에 지르지 못한다.

태무랑은 세 명을 죽인 여세를 몰아서 그 옆에 서 있는 세 명을 향해 재차 검을 벼락같이 그어갔다.

쩌르르—

염마도법의 제삼초식 전뢰강파(電雷强破)다. 이름 그대로 검에서 벼락이 뿜어져 나가 사람이든 사물이든 그대로 박살을 내버리는 위력적인 검초식이다.

방금 전 분광작렬 때는 급습이었기 때문에 여섯 명 중에 세 명이 속수무책으로 당했었다.

하지만 두 번째 전뢰강파 때는 달랐다. 세 명을 겨냥했는데 가장 가까운 쪽의 한 명만, 그것도 어깨를 적중당했고, 다른 두 명은 급히 뒤로 물러나며 아슬아슬하게 피했다.

그 순간 태무랑은 초식을 잘못 선택했음을 깨달았다.

지금처럼 거세게 휘몰아치는 상황에서는 전뢰강파처럼 위력적인 초식보다는 염마도법 중에서 가장 빠른 제일초식 쾌도난마가 절대적으로 유리했다.

전뢰강파에 어깨를 적중당한 자는 오른쪽 어깨가 뭉텅 베어져서 비틀거리며 뒤로 물러났다. 워낙 많이 베어져서 팔이 덜렁거렸다.

그리고 나머지 두 명은 뒤로 두 걸음 물러나며 피했다가 벼락같이 태무랑에게 덮쳐들며 검을 뽑았다. 철검추풍수다운 기민한 반격이다.

하지만 그들이 아무리 빠르게 반격한다고 해도 공격의 여세를 몰아치고 있는 중인 태무랑의 세 번째 공격보다는 반응이 느릴 수밖에 없었다.

쐐애앵!

태무랑이 자신을 향해 짓쳐 오는 두 명을 향해 마주 쳐가면서 염마도법 일초식 쾌도난마를 뿜어내자 허공이 진저리를 치는 섬뜩한 파공음을 토해냈다.

쾌도난마는 십자섬광검과 산화칠검, 무극칠절검에서 빠른 변화만을 골라내서 창조했으므로 삼쾌(三快)다. 쾌에 쾌와 쾌를 더하니 삼쾌이며 극쾌인 것이다.

쾌도난마는 무림의 무적검류 중 하나이며, 가장 빠른 검법인 십자섬광검보다 절반 이상 빠른 초식이다.

전뢰강파를 피했던 두 명은 완전하게 물러났다가 공격을 했어도 늦지 않았었다. 너무 성급하게 달려들었던 것이 화를 불렀다.

그들의 검이 어깨에서 채 절반도 뽑히기 전에 태무랑이 뻗은 검이 푸른빛을 흩뿌리며 코앞에서 찔러왔다.

퍼퍽!

"큭!"

"끅!"

태무랑의 검첨이 두 명의 목을 거의 동시에 꿰뚫었다.

딱 한 호흡 만에 태무랑은 통로 양쪽을 지키던 열 한 명의 철검추풍수 중 무려 여덟 명이나 죽였다.

쌔애액!

그 순간 태무랑의 등 뒤에서 날카로운 파공음이 터졌다.

돌아보지 않아도 세 자루 검이 자신의 상체 급소를 노리며 찌르고 베어오는 것을 간파할 수 있었다. 통로 왼쪽의 세 명이 공격한 것이다.

그들 세 명뿐이라면 태무랑이 반격을 가할 수 있겠으나, 그들과 싸우다 보면 다른 철검추풍수들이 몰려들 것이다. 지금은 촌각이 급한 상황이다.

또한 한 번의 공격에 여덟 명이나 죽였으니 이대로 물러난다고 해도 손해는 아니다.

태무랑은 쏘아가던 여세를 빌어서 거리 쪽으로 전력으로 쏘아갔다.

"포위해라!"

그때 느닷없이 우렁찬 외침이 터졌다.

차차차창!

다음 순간 태무랑 주위에 있던 모든 사람들이 일제히 검을 뽑으며 그에게 달려들었다.

"......!"

태무랑은 움찔하며 그 자리에 멈춰 섰다.

놀라운 일이 벌어지기 시작했다.

광장에서 거리로 향하는 통로를 태무랑과 함께 통과하던 모든 사람들이, 거리에서 광장으로 향하던 사람들도, 그리고 양쪽 통로 입구에서 대기하고 있던 사람들과 막 통로를 통과하여 거리와 광장 쪽으로 가던 사람들이 몸을 돌려 일제히 태무랑을 공격해 왔다.

장사꾼이며, 짐을 나르는 일꾼이고, 배에서 내리고 타는 승객들인 줄 알았던 거의 모든 사람들이 누군가의 명령 한마디에 사방에서 거센 태풍처럼 태무랑을 공격해 오고 있는 것이다.

그들은 수레에서, 봇짐에서, 들고 있던 짐 속에서 검을 뽑았다. 감쪽같이 검을 감추고 있었던 것이다.

그렇다면 그들은 철검추풍수들이 변장을 하고 있었던 것이 분명하다.

'함정이다!'

제일 먼저 뇌리를 강타한 일감이다.

태무랑이, 아니, 적안혈귀가 포구로 잠입할 것에 대비해서 철저하게 함정을 파두었던 것이다.

일반인들을 통제한 상태에서 철검추풍수들을 장사꾼이나 일꾼들, 평범한 사람으로 위장시켜서 계속 포구와 광장, 거리를 오가게 하면서 적안혈귀가 걸려들기를 기다리고 있었던 것이 분명하다.

아무리 배짱이 두둑하고 강심장인 태무랑이지만 이런 상황에서는 순간적으로 당황하고 말았다.

광장과 거리 쪽에서 몰려오는 자들은 차치하고서라도, 이, 삼 장 거리인 통로에서 태무랑을 공격하는 자들만 해도 이십여 명에 달했다.

휘익! 휙! 휙!

그때 태무랑 머리 위에서 무슨 소리가 들렸다.

급히 쳐다보니 어른 주먹만 한 크기의 둥글고 검은 물체 십여 개가 통로 양쪽 짐을 잔뜩 쌓아놓은 꼭대기에서 태무랑을 향해 와르르 쏟아져 내리고 있었다.

짐을 쌓아놓은 꼭대기에는 철검추풍수 대여섯 명이 서 있는 모습이 보였는데 그들이 던진 듯했다.

십여 개의 물체는 가죽 주머니였으며, 이미 태무랑의 머리 위 반 장까지 쇄도하고 있었다.

태무랑은 재빨리 몸을 움직여 피하는 한편 검을 휘둘러 물체들 서너 개를 쳐냈다.

퍼퍼퍽!

"웃!"

그 순간 칼날에 맞은 서너 개의 물체, 아니, 가죽 주머니가 터지면서 흰 액체가 그의 몸으로 쏟아졌다.

촤악!

태무랑은 피할 새도 없이 젖처럼 흰 액체를 머리에서부터 발끝까지 뒤집어쓰고 말았다.

그는 적잖이 당황했다. 방금 그가 뒤집어쓴 액체가 독이거나 그와 비슷한 종류라면 어찌해 볼 방법도 없이 꼼짝 못하고 당한 것이다.

만약 기름이라면, 그래서 불을 붙이면 그는 고스란히 통구이가 되고 말 터이다.

한순간의 방심이 그를 돌이킬 수 없는 상황에 처하게 만들어 버렸다.

쏴아아―!

통로에서 공격해 오는 이십여 명의 파공음이 마치 거센 파도 소리 같았다.

뒤집어쓴 액체에 대해서 생각할 겨를이 없었다. 지금 당장 이십여 명의 공격에 대처하지 않으면 난도질당해서 죽고 말 것이다.

그는 얼굴을 뒤덮은 흰 액체를 왼손으로 닦아내면서 빙글 회전하며 산화칠검을 연속적으로 전개했다.

패애액! 쐐액!

산화칠검은 한꺼번에 일곱 개의 표적을 공격하는 것이므

로 연달아 세 차례를 전개하자 도합 스물한 개의 공격이 쏟아져 나갔다. 하지만 위력 면에서는 크게 떨어졌다.

콰차차차창!

공격해 오던 이십여 명이 태무랑의 공격을 막느라 분주하게 검을 휘두르자 요란한 소리가 터졌다.

"우웃……."

이십여 명의 공격을 한꺼번에 받아낸 태무랑은 검을 쥔 오른팔이 떨어져 나갈 듯한 충격을 받고 자신도 모르게 신음을 토해냈다.

반면에 공격하던 이십여 명은 주춤 두어 걸음 물러났을 뿐 재차 공격을 퍼부었다.

촤아악!

태무랑은 재빨리 주위를 둘러보았다. 통로 양쪽에서 장사꾼과 평범한 사람들 모습으로 변장한 철검추풍수 삼십여 명이 쏟아져 들어오고 있었다.

그들까지 가세하면 통로에서 오십여 명이 태무랑을 합공하게 될 것이다.

하지만 그게 전부가 아니다. 광장과 거리에서 그보다 훨씬 많은 철검추풍수들이 검을 뽑아 들고 파도처럼 달려오고 있는 광경이 보였다.

그 광경을 보고 태무랑은 적잖이 당황해서 머릿속이 텅 비어버리는 것 같았다.

도대체 이 급박한 상황을 어떻게 대처해야 할지 아무것도 생각나지 않았다.

촤아아—!

방금 전에 격퇴시킨 이십여 명의 이십여 자루 검이 태무랑의 온몸을 향해 소나기처럼 쏟아져 내렸다.

순간 태무랑은 정신이 번쩍 들었다.

'빠져나가야 한다!'

어떻게 해야 할는지 방법은 모르지만 무슨 수를 써서라도 이곳을 탈출해야겠다는 절박감이 그를 세차게 채찍질했다.

순간 그는 두 발로 힘차게 바닥을 박차면서 수직으로 위를 향해 솟구쳐 올랐다.

슉!

쏴아아—!

그러자 짐 꼭대기에 있던 철검추풍수 여섯 명이 맹렬하게 검을 휘두르며 태무랑을 향해 마주 쏘아 내렸다.

그러나 태무랑에겐 선택의 여지가 없었다. 아래쪽의 이십여 명과 몰려들고 있는 수십 명을 상대하기보다는 위쪽의 여섯 명을 상대하는 쪽이 수월했다.

수월하다고는 하지만 여섯 명의 합공을 뚫어야 하는 것은 결코 쉬운 일이 아니었다.

또한 공격이란 위에서 아래로 하강하면서 가하는 것이 절반 이상 위력적이다.

반대로 아래에서 위로 솟구치며 하는 공격의 위력은 현저히 떨어지므로, 실제적으로 태무랑은 열 명 이상의 철검추풍수의 공격에 직면한 것이나 다름이 없는 상황이었다.
 태무랑은 솟구치면서 오른쪽 세 명을 상대하고 왼쪽은 포기하기로 마음먹었다.
 여섯 명을 모두 상대하려다가는 탈출할 수 있는 가능성이 희박해진다고 판단했다.
 그러므로 왼쪽의 세 명에게 공격당하더라도 오른쪽의 세 명을 뚫고 나가겠다는 계산이다.
 태무랑은 공력을 오른손에 모아 검으로 염마도법 삼초식인 전뢰강파를 힘차게 펼치면서 동시에 왼손으로는 극양지기 일장을 뿜어냈다.
 콰우웅!
 극양지기, 즉 시뻘건 불기둥에 휩싸인 전뢰강파가 작은 화산이 분출하듯이 무시무시하게 쏘아 올랐다.
 콰차차창!
 "크악!"
 "흐아악!"
 오른쪽 세 명의 철검추풍수는 극양지기와 전뢰강파에 적중당해 박살 나듯이 흩어졌다.
 파파팍!
 그 순간 왼쪽에서 공격한 세 명의 검이 태무랑의 뒷목을 베고 등과 어깨 뒤쪽을 찔렀다.

그러나 태무랑은 두 자루 검에 찔린 채 그대로 위로 솟구쳐 올랐다.

부욱!

그 바람에 등과 어깨를 찔렀던 검이 아래로 그어지면서 두 줄기 깊은 상처를 냈다.

그를 찔렀던 두 명의 철검추풍수는 태무랑이 등에서 피를 철철 흘리면서 짐 꼭대기에 올라서는 것을 놀란 표정으로 쳐다보았다.

그 정도면 살과 뼈, 그리고 내장이 조각났을 텐데도 태무랑은 짐 꼭대기를 힘껏 박차고 거리 쪽으로 쏜살같이 날아가고 있는 것이 아닌가.

태무랑은 한 번의 도약으로 짐 꼭대기에서 칠팔 장 이상 떨어진 곳으로 하강했다.

수십 명의 철검추풍수가 통로 주변으로 몰려들고 있는 상황이기 때문에 그가 내려선 곳에는 거리 쪽에서 달려오는 서너 명의 철검추풍수뿐이었다.

하지만 그들의 뒤쪽에서는 칠팔 명이, 그리고 그 뒤쪽에서도 십여 명의 철검추풍수가 몰려오고 있는 것이 보였다.

태무랑은 땅을 딛자마자 재차 허공으로 솟구쳐서 거리 너머의 이 층 건물을 향해 쏘아갔다.

탓!

건물 지붕에 내려선 그는 동쪽을 향해 전력으로 내달리기 시작했다.

경공술을 배운 적은 없으나 전력을 다해서 질주하기 때문에 건물의 지붕 위를 한 번 딛을 때마다 오륙 장씩 쑥쑥 비상하며 나아갔다.

휘익!

그가 두 번째 거리 위를 날아서 넘을 때 포구 쪽 거리에서 건물들 위로 철검추풍수들 수십 명이 솟구쳐 올라 추격을 개시했다.

하지만 그들은 죽을힘을 다해서 질주하는 태무랑을 따라잡지 못했다.

그가 마을 동북쪽 끝 거리에 내려섰을 때에는 추격자들은 백오십 장 이상 멀찌감치 떨어져 있었다.

그는 거리에 내려섰다가 골목으로 들어가서 북쪽으로 질주하다가 다시 서쪽으로 방향을 틀어 내달렸다.

결국 그는 포구 쪽으로 다시 되돌아가고 있는 것이다. 하지만 마을의 북단에서 서쪽으로 달리고 있기 때문에 마을의 중심부에서 동쪽으로 추격하고 있는 철검추풍수하고는 마주칠 일이 없었다.

하지만 그는 포구로 가려는 것이 아니었다. 등잔 밑이 어두운 법이기 때문에 포구 가까이 은밀한 곳에서 옷을 갈아입고 몸에 묻은 액체를 씻어내고 또 새로운 얼굴로 변신한 다음에 다시 거리로 나설 생각이었다.

*　　*　　*

"무적신룡이 철검추풍대에게 맹추격당하고 있습니다."

번성분타주의 보고에 은지화는 소스라치게 놀라 벌떡 일어섰다.

그녀는 한수 하류의 종상현에 가서 기다리고 있으라는 태무랑의 말에 따르지 않았다.

태무랑의 안위가 염려돼서 도저히 떠날 수가 없었다. 그래서 객잔을 나와 곧장 이곳 낙성검문 번성분타로 왔다.

그녀가 이곳에 와서 제일 먼저 한 일은 분타의 수하들을 전부 거리로 내보내서 태무랑과 철검추풍대의 동태를 감시하라고 지시한 일이었다.

하지만 분타의 수하들은 마을에서 한 번도 태무랑을 발견하지 못했다. 그가 수시로 모습을 바꾸었기 때문이다.

그 대신 태무랑이 남긴 흔적들, 즉 그가 철검추풍수들을 죽인 현장은 분명하게 확인을 했다.

그리고 포구를 감시하던 분타의 수하들은 차도익의 모습을 하고 있는 태무랑이 함정에 빠져 철검추풍수 십여 명을 죽이고 도주하는 광경을 직접 목격했다.

"무적신룡은 포구에서 함정에 빠졌습니다. 함정에서 탈출하는 과정에서 중상을 입고 추격을 당해 어딘가 찾지 못할 곳으로 숨어버렸는데, 현재 철검추풍대 전원이 마을의 한 지역으로 집결하고 있습니다."

분타주는 긴장된 표정으로 보고를 계속했다. 이들이 말하는 무적신룡은 태무랑의 또 다른 별호다.

현재 무림에서는 태무랑 한 사람을 두고 적안혈귀와 무적신룡이라는 두 개의 별호로 부르고 있었다.

아니, 무림이라고 하는 것은 너무 거창하다. 그의 이름은 하남성에서 꽤 알려져 있는 편이지만 그 이외 지역에서는 잘 모른다.

무림의 대소사에 관심이 많은 사람이라면 그의 소문을 들었을지도 모른다.

"철검추풍대가 집결하고 있는 곳에 무적신룡이 은신하고 있다는 것인가요?"

은지화는 초조한 표정으로 다그치듯 물었다.

"무적신룡은 포구에서 열한 명의 철검추풍수를 죽이고 도저히 빠져나가기가 불가능할 것 같은 포위망을 뚫고 탈출에 성공했습니다. 그로서 철검추풍대는 무적신룡을 놓쳐 버린 것 같았습니다만, 어떻게 된 일인지 그들은 매우 신속하게 한 장소에 집결하고 있는 중입니다. 아무래도 그곳에 무적신룡이 있는 것 같습니다."

"어… 떻게 그럴 수 있는 거죠?"

칠보시(七步詩)

분타주는 잠시 동안 뭔가 생각하는 듯한 표정을 짓다가 진지하게 대답했다.

"포구에서 철검추풍대가 무적신룡의 온몸에 흰 액체를 끼얹은 일이 있었습니다."

은지화는 번뜩 떠오르는 것이 있어서 크게 놀라는 표정을 지었다.

"혹시… 그 액체에 천리추혼향(千里追魂香)이 섞여 있는 것이 아닌가요?"

"속하 생각도 그렇습니다. 만약 무적신룡의 몸에 천리추혼향이 묻어 있다면 절대로 철검추풍대의 추적을 벗어날 수 없습니다."

"아……."

은지화는 발밑이 푹 꺼지는 듯한 절망을 느꼈다.

그녀의 눈에는 태무랑이 온몸에 상처를 입은 채 웅크려 있는 광경이 눈에 선하게 그려졌다.

* * *

태무랑은 어느 장원으로 숨어들었다.

장원은 다섯 채의 전각과 정원, 마당, 작은 연못이 있는 아담한 규모였다.

그는 행동에 방해받지 않기 위해서 이곳에 들어서자마자

그 집 일가족 네 명 모두 혼혈을 제압해서 잠재웠다.
　이어서 욕탕으로 들어가 온몸에 뒤집어쓴 흰 액체를 깨끗이 씻어낸 후에 적당한 옷을 찾아내서 갈아입었다.
　뒷목과 어깨, 등에 깊고도 길게 났던 상처는 장원에 도착하기 전에 이미 깨끗하게 나은 상태다.
　그리고는 사십대 중년인의 모습으로 변신한 후 한 차례 운공조식을 하고는 검을 단단히 어깨에 묶고 방을 나섰다.
　대전 입구로 가려고 대전을 가로질러 걸어가고 있는데 갑자기 어디선가 여자의 노랫가락이 아련하게 들려왔다.

콩깍지로 콩을 태우니[煮豆燃豆萁]
가마솥 안에서 슬피 우는 콩깍지여[豆在釜中泣]
원래 한 뿌리에서 나왔거늘[本生同根生]
어찌 그리 급하게 볶아대는가[相煎何太急]

　노랫가락을 듣고 태무랑은 뚝 걸음을 멈추었다.
　'화야.'
　먼 곳에서 아련하게 들려오는 노랫가락이지만 그 목소리가 은지화라는 것을 즉시 알아차렸다.
　그는 은지화가 어째서 느닷없이 이런 노래를 부르는 것인지 생각해 보았다.
　종상에 가서 기다리라고 한 그녀가 갑자기 태무랑이 있는 곳 근처에서 이런 노래를 부를 리가 없다.

은지화가 부른 노래는 조조(曹操)가 총애하던 막내아들 조식(曹植)이 지은 칠보시(七步詩)다.

위(魏)나라의 왕 조조는 맏아들인 조비(曺조)에게 왕위를 물려주고 죽었다.

왕이 된 조비는 평소 미워하던 조식을 죽일 계획으로 그에게 일곱 걸음을 걷는 동안에 시를 짓지 못하면 죽이겠다고 위협했다.

조식은 비통한 마음으로 일곱 걸음을 걷는 동안 시를 지었는데, 그것이 바로 유명한 칠보시다.

그 시를 듣고 난 조비는 뉘우침으로 흐느껴 울면서 조식을 놔주었다고 한다.

그러나 학문하고는 담을 쌓고 산 태무랑으로서는 생전 처음 들어보는 시다. 그러므로 칠보시를 액면 그대로 단순하게 받아들였다.

즉, 이 집이 가마솥이고 태무랑 자신이 가마솥 안에 들어 있는 콩이다.

그리고 누군가 가마솥에 불을 지피려고 한다. 그렇게 되면 콩은, 아니, 태무랑은 가마솥에서 빠져나가지 못하고 삶겨져서 죽고 말 것이다.

콩이 태무랑이면 가마솥은 이 장원이다. 그리고 불을 지피는 것은 철검추풍대일 것이다.

즉, 그는 포위당했다는 뜻이다. 철검추풍대가 태무랑이 숨어든 곳을 어떻게 알아냈는지 모를 일이지만, 그는 위험에 직면해 있었다.

은지화가 아니었으면 그는 꼼짝없이 포위망에 갇힌 상태에서 최대의 위기를 맞이했을 것이다.

第二十九章
오행지기의 결정체

백의경장에 검은 동의(胴衣)를 걸친 사십오 세가량의 중년인이 전음으로 짧게 명령했다.

[잡아와라.]

철검추풍대주 좌승(佐丞)의 명령을 받은 다섯 명의 철검추풍수 황의고수가 한쪽 방향으로 바람처럼 쏘아갔다.

그들이 쏘아가고 있는 방향은 방금 전에 칠보시가 들려온 곳이다. 즉, 은지화를 잡으러 가는 것이다.

철검추풍대주 좌승은 칠보시를 잘 알고 있었다. 또한 그 시가 사면초가에 처한 적안혈귀에게 보내는 경고라는 사실을 간파했다.

[포위를 마쳤습니다.]

철검추풍대 제일조장이 와서 좌승에게 공손히 보고했다.

지금 어느 자그마한 장원 둘레에는 이백이십여 명의 철검추풍수들이 포위를 하고 있었다.

백 명은 장원으로 동시에 뛰어들 만반의 준비를 갖추었고, 나머지 백이십여 명은 공격과 동시에 장원의 담과 지붕 위로 솟구쳐 올라 적안혈귀가 탈출할 것에 대비한다.

좌승은 가볍게 고개를 끄덕였다.

[명심해라. 중상을 입히더라도 절대로 죽여서는 안 된다.]

[알고 있습니다.]

[공격하라.]

제일조장은 각 조장에게 대주의 명령을 전달하기 위해 빠르게 쏘아갔다.

짧은 수염을 기른 좌승은 적안혈귀가 숨어 있는 장원이 한눈에 내려다보이는 골목 하나 건너 어느 장원의 전각 삼층 창가에 서 있다.

그는 표적이 된 장원을 날카로운 시선으로 굽어보며 수하들이 공격하기를 기다렸다.

그때 그의 눈이 조금 커졌다.

지금 그가 주시하고 있는 장원에서 하나의 흐릿한 물체가 수직으로 솟구쳐 오르는 것을 발견했기 때문이다.

그것을 발견한 순간 좌승은 그것이 사람일 것이라고는 생각하지 않았다.

 엄청나게 빠른 속도로 쏘아 오르고 있었기 때문이다. 그의 기억으로는 그런 속도로 솟구치는 사람을 한 번도 본 적이 없었다.

 더구나 솟구쳐 오르고 있는 흐릿한 물체는 선명하게 오색(五色)으로 빛나고 있었으며, 또한 오색의 긴 꼬리를 아래쪽에 남겼다.

 사람의 몸에서 그런 오색의 빛이 뿜어질 리가 없다. 그래서 더욱 사람이라고 생각하지 않는 것이다.

 그렇지만 그저 단순하게 보아 넘길 일이 아니다. 어쨌든 적안혈귀가 숨어 있는 장원에서 솟구쳐 오른 물체이기 때문이다.

 좌승은 눈을 부릅뜨고 그 물체를 뚫어지게 주시했다. 그것이 무엇인지 확인하기 전에는 명령을 내릴 수가 없었다.

 오색으로 빛나는 물체는 지상에서 무려 십여 장이나 솟구쳐 올랐다가 방향을 바꾸려는 듯 찰나지간 멈칫했다.

 바로 그때 좌승은 오색 빛 속의 물체를 봤다. 그것은 틀림없는 사람이었다.

 약관을 넘기지 않았을 나이의 청년이며 강인하고 용맹하면서도 준수한 외모다.

 그리고 그 모습은 좌승이 지니고 있는 전신 속의 그림하고 일치하는 용모였다.

'적안혈귀!'

태무랑은 이런 상황에서 구태여 다른 얼굴로 변신할 필요가 없다고 여기고 본모습을 되찾았던 것이다.

그때 오색 빛 물체가 허공중에서 동남쪽으로 방향을 꺾어 쏘아가기 시작했다.

순식간에 아스라이 멀어지는 오색 빛 물체는 오색의 긴 꼬리를 허공에 남겼다.

태무랑은 번성 동남쪽의 조하를 건너 산이 시작되는 기슭에 도착했다.

번성 한복판 장원에서 십여 장을 솟구쳐 올랐다가 방향을 꺾어 한 차례도 땅에 내려서지 않고 무려 칠백여 장 이상 날아온 것이다.

그것은 그 누구도 흉내조차 내지 못할 일이었다. 초상승의 경공이라는 전설의 어풍비행(馭風飛行)은 최소한 지상에서 삼십여 장 높이의 하늘에서 바람을 마음대로 부려서 전개하는 것이다.

하지만 태무랑은 불과 십여 장 높이의 허공에서 순전히 공력의 힘으로 경공을 전개했다.

"허억! 헉헉헉……!"

그는 산기슭 어느 바위 뒤에 벌렁 누워서 사지를 벌린 채 거친 숨을 토해냈다.

그는 숨어 있던 장원에서 탈출하는 데 오행지기를 사용했다. 그래서 몸이 오색으로 빛났던 것이다.
그냥 공력을 사용하면 빠르긴 해도 장원에서 탈출할 정도의 속도가 나지 않는다고 판단했기 때문이다.
오행지기를 끌어올려서 경공을 펼치는 것은 처음이다. 그래서 다분히 모험이었다.
시험을 해볼 만한 겨를도, 공간도 마땅하지 않았다. 성공하면 다행이지만, 실패할 경우에는 장원 안에서 포위당한 채 사생결단을 하는 수밖에 없었다.
그런데 천신만고 끝에 성공했다. 경공을 전개한 태무랑 자신마저도 놀랄 정도로 빠른 속도를 발휘해서 순식간에 포위망에서 벗어났다.
하지만 대가가 너무 컸다. 장원에서 십여 장 높이로 솟구쳐 올랐을 때 이미 포기하고 싶은 마음이 들었을 정도로 오행지기가 빠르게 허비된 것이다.
하지만 장원 상공에서 포기하면 아예 시작하지 않은 것만 못한 상황에 처하게 된다.
그래서 부쩍 기운을 내서 동남쪽으로 방향을 잡아 날아가기 시작했다.
중도에 수십 번도 더 포기하고 싶은 마음을 조금만 더, 조금만 더 속으로 외치면서 여기까지 왔다.
"커억! 컥컥컥! 끄으으……."

얼마나 힘이 들었으면 독종인 그가 입에서 피를 토하면서 죽을 만큼 괴로워하겠는가.

만약 지금 철검추풍대가 들이닥친다면 태무랑은 누운 채 꼼짝하지 못하고 당할 수밖에 없다. 그 정도로 기진맥진해 있는 상태였다.

오행지기를 사용한 경공은 실로 굉장했다. 하지만 두 번 다시 사용하고 싶은 마음은 없었다.

"헉헉헉… 끄으으……."

당장에라도 심장이 터져 버릴 것만 같고, 사지와 몸이 제멋대로 푸들푸들 떨렸다.

너무도 고통스러워서 그는 마치 단유천과 옥령이 있는 지옥에 되돌아온 듯한 착각마저 들었다.

그러면서도 신기하게 머리로는 지금 상황에 대해서 걱정을 하고 있었다.

지금쯤 철검추풍대가 이쪽으로 몰려오고 있을 것이다. 태무랑이 굉장히 빨랐다고는 하지만, 칠백여 장은 그다지 길지 않은 거리이기 때문에 반 다경이면 충분히 이곳에 도착할 것이다.

그렇기 때문에 어떻게 해서든지 태무랑은 그전에 무슨 대책을 세워야만 한다.

태무랑이 이쪽 방향을 선택한 이유는 이곳에서부터 대홍산(大洪山)이 시작되고, 또 이 근처에 염마도를 감춰두었기 때문이다.

그는 어제 주루에서 밥을 먹으면서 번성 토박이에게 번성 주변 지리에 대해서 자세히 들어두었었다.

이곳에서 시작된 대홍산은 동남쪽으로 오백여 리나 뻗어 나가 응성(應城)까지 이어진다. 응성에서 무창까지는 동남쪽으로 이백오십여 리 거리다.

태무랑은 철검추풍대를 감쪽같이 따돌리고 장원에 숨어들었다고 생각했는데 포위당하고 말았다.

만약 은지화가 제때에 알려주지 않았더라면 지금쯤 장원에 꼼짝없이 갇힌 채 한 치 앞을 기약하지 못할 싸움을 하고 있었을 것이다.

철검추풍대가 어떻게 태무랑이 숨어 있는 장원을 알아냈는지 모르지만, 이곳 대홍산은 워낙 광대하기 때문에 놈들이 추격해 온다고 해도 도망치거나 숨을 곳이 많다고 생각했다.

"헉헉헉… 빌어먹을……."

그나저나 거친 호흡이 도무지 가라앉을 생각을 하지 않았고, 심장은 점점 더 크게 부풀어 오르는 것 같았다.

무슨 특단의 방법을 취하지 않는다면 철검추풍대가 들이닥칠 때까지도 이러고 있을 것이 분명했다.

'운… 공을 해보자…….'

궁여지책으로 그런 생각을 했다. 곧 들이닥칠 철검추풍대도 문제지만 너무 고통스러워서 견딜 수가 없었다. 운공을 하면 뭔가 달라질지도 모른다는 생각이다.

"허어억! 헉헉……."

그는 거친 숨을 몰아쉬면서 힘겹게 몸을 일으켜 앉아 바위 틈새로 산 아래를 내려다보면서 운공을 시작했다.

자세도 엉망이다. 두 손으로는 바위를 밀어내듯이 짚고 있고, 왼쪽 발은 무릎을 꿇었으며 오른쪽 다리는 길게 뻗은 상태다.

기경팔맥 삼백육십 군데에 축적된 신비한 공력은 놔두고, 단전에 축적된, 아니, 현재는 산산이 흩어져 버린 오행지기에 대한 운공조식이다. 말하자면 오행운공(五行運功)이다.

그런데 운공을 시작한 지 세 호흡도 지나지 않았을 때 괴이한 일이 일어났다.

휴우우—

그를 중심으로 느닷없이 거센 소용돌이가 일어나기 시작한 것이다.

아니, 그것은 소용돌이가 아니라 그가 앉아 있는 주변의 사물들이 괴이한 기운을 뿜어내는 것이었다.

그는 움찔 놀라 급히 주변을 둘러보다가 눈을 크게 떴다.

'이, 이게 도대체…….'

쏴아아아—!

콰우우—!

주위의 경물들이 이지러지고 있었다. 마치 아지랑이를 통해서 보는 것처럼 모든 경물들, 바위와 나무, 흙이 제멋대로 뒤틀리고 이지러져 보였다. 그러면서 파도 소리와 웅장한 폭포 소리를 터뜨리고 있었다.

그런데 눈을 부릅뜨고 자세히 보니까 그것은 아지랑이가 아니라 주변의 경물들에서 뿜어져 나오는 기운이었다.

휴우우―

그리고 그 기운들이 거대한 뱀처럼 구불거리면서 태무랑을 향해 쇄도하고 있었다.

땅에서는 흑색의 기운이, 초목에서는 녹색이, 바위에서는 금색이, 하늘에서는 노을처럼 붉은 홍색과 백색의 기류들이 마치 다섯 개의 강(江)처럼 땅과 허공을 흘러서 태무랑을 향해 다가오고 있는 것이다.

'이것은 오행지기다!'

그의 뇌리를 번쩍 스치는 것이 있다. 은지화에게 들은 바에 의하면 오행지기는 삼라만상을 탄생시키고 유지, 운행시키는 만물의 근원이라고 했다.

사람도, 짐승도, 하늘과 땅 사이의 모든 피조물들이 오행지기에 의해서 태어났고, 또 오행지기에 의해서 상생(相生), 상극(相剋)하며 존재하고 있다는 것이다.

그러므로 끝없이 펼쳐진 대해(大海)도, 하늘을 찌를 듯 솟아오른 거산(巨山)도, 하찮은 풀 한 포기조차도 오행지기에 의해서 생겨나고 유지되고 있다.

그 말은 삼라만상 모든 것들에는 오행지기가 깃들어 있다는 뜻이었다.

지금 태무랑 주변의 경물들에게서 뿜어져 나오는 것이 바로 오행지기인 것이다.

그렇게 생각한 태무랑은 심신을 활짝 열어 오행지기를 한껏 받아들였다.

화아악—!

봇물이 터지듯 그에게 쇄도한 오행의 강이 일제히 그의 온몸으로 쏟아져 들어오기 시작했다.

"아아……."

그 순간 그는 몸을 세차게 부르르 떨며 환희에 가득 찬 탄성을 토해냈다.

방금 전까지만 해도 온몸이 조각날 듯이 고통스러웠는데 오행지기가 몸에 들어오는 순간 고통이 씻은 듯이 사라져 버린 것이다. 정말 신기한 일이었다.

퍼석.

그런데 그때 태무랑이 두 손으로 짚고 있던 바위가 갑자기 사라지면서 몸이 앞으로 기우뚱했다.

두 손을 뻗어 바닥을 짚고 나서 살펴보니까 바위가 있던 자리에 퍼석퍼석한 모래가 수북했고, 그의 두 손이 모래에 파묻혀 있었다.

'이것은…….'

그의 짐작이 맞는다면 바위가 부서져서 모래로 변한 것이다. 즉, 바위에서 바위를 이루고 있는 근간, 즉 금기(金氣)가 모조리 빠져나간 결과다. 물론 금기는 태무랑의 몸속으로 흡수되었다.

콰콰아아―!

그러는 중에도 사면팔방에서 오색의 기운들이 강처럼 긴 띠를 이루어 태무랑의 몸으로 흡수되고 있었다.

태무랑은 급히 자신이 앉아 있는 땅을 쳐다보았다.

그런데 땅도 희뿌연 회백색으로 변해 있었다. 마치 뼈를 태운 다음에 곱게 빻은 가루 같았다.

주변 땅을 둘러보니까 조금 먼 곳의 땅은 촉촉한 황갈색인데 태무랑이 앉아 있는 곳의 땅만 회백색이다.

그런데 회백색 땅과 황갈색 땅의 경계 부위에서 흑색의 기운이 뿜어져 나와 태무랑의 몸으로 흡수되고 있었다. 그가 땅의 기운을 빨아들이고 있는 것이다.

느린 속도로 회백색의 땅이 영역을 넓혀가고 있었다. 그만큼 태무랑이 땅의 기운, 즉 토기를 흡수하고 있는 것이다.

그가 다시 주위를 둘러보니 그를 중심으로 이삼 장 이내의 풀과 나무들이 모두 말라 죽어 있었다.

그리고 이삼 장 바깥쪽의 초목에서 녹색의 기운이 강물처럼 태무랑을 향해 흘러들었다. 그것은 목기(木氣)다.

또한 하늘에서는 홍백의 두 기운이 두 개의 띠를 이루어 무지개처럼 흘러내렸다. 화기(火氣)와 수기(水氣)다.

　태무랑은 신기한 것을 발견한 아이 같은 표정을 지으며 이끌리듯이 천천히 일어섰다.

　휘류류류.

　흡수되던 오행지기도 따라서 출렁거렸다.

　그는 운공을 멈추지 않았다. 온몸을 찢어발길 것 같던 고통은 사라졌다.

　그리고 말로는 이루 형언할 수 없는 극상의 청명하고 맑은 기분이 심신을 깃털처럼 가볍게 만들었다.

　그는 천천히 걸음을 옮겨보았다. 그러자 오행지기가 그를 따라왔다.

　그것은 가히 장관이었다. 마치 태초에 천지와 삼라만상이 생성되기 직전에 음양과 오행의 기운이 공간을 흐르는 듯한 몽환적이며 환상적인 광경이다.

　그것을 태무랑이 만들어내고 있는 것이다. 지금은 그가 태초이며 삼라만상의 창조주다.

　아니, 그게 아니다. 그는 지금 창조하는 것이 아니라 피조물들을 소멸시키고 있었다.

　그가 걸음을 옮길 때마다 흙과 초목과 바위와 돌들이 기운을 빼앗기고 수명이 끝나 스러졌으며, 새파란 하늘의 어느 부분들도 흑색으로 변하고 있었다.

　지금 그는 파괴자다. 주위의 사물들을 파괴시키면서 반면에 자신은 강해지고 있는 것이다.

　태무랑으로서는 사물을 파괴시키든 생성시키든 그런 것은 알 바 아니었다.

　그는 주변을 둘러보면서 염마도를 감춰둔 곳을 향해 걸음을 빨리했다.

　척!

　염마도를 찾아 오른쪽 어깨에 메었다. 왼쪽 어깨에는 검이 묶여 있다.

　이제는 운공을 그만해도 될 것 같다는 생각이 들었으나 심신이 점점 더 상쾌해지고 가벼워지는 것을 느끼니까 조금 욕심이 생겼다.

　"저게 무엇이냐?"

　철검추풍대주 좌승은 조하 강가에서 신형을 멈추고 강 건너 저 멀리 대홍산이 시작되는 산자락을 쳐다보며 놀란 표정을 지었다.

　선두에서 달리던 좌승이 멈추자 뒤따르던 각 조장들과 철검추풍대 전체가 강가에 멈추었다. 그리고는 좌승이 가리키는 방향을 쳐다보았다.

　"아아……."

　"오… 저게 무슨 조화인가……."

　순간 철검추풍수들은 해연히 놀라는 표정을 지으며 탄성

을 터뜨렸다.

그들이 있는 곳에서 삼사백 장 거리의 산자락에서는 실로 신비로운 장관이 펼쳐지고 있었다.

그리 높지 않은 하늘에서 붉고 흰 홍백의 두 줄기 색채의 기운이 강물처럼 구불거리면서 아래로 흐르고 있었다.

그리고 땅에서는 녹색과 금색, 흑색의 색깔이 뭉클뭉클 구름처럼 일렁거렸다.

그것은 마치 홍백의 폭포가 땅으로 떨어져서 녹, 흑, 금색의 물보라를 일으키고 있는 황홀하면서도 장엄한 광경이었다.

물론 태무랑의 모습은 보이지 않았다. 단지 그가 만들어내고 있는 천지간의 장대한 광경만 멀리에서 보일 뿐이다.

하지만 좌승과 철검추풍수들은 자신들이 보고 있는 것과 적안혈귀는 아무런 상관이 없을 것이라고 생각했다.

천지간의 초자연적인 현상이 적안혈귀와 무슨 연관이 있겠는가.

그런데 그때 그들이 보고 있는 장관이 갑자기 씻은 듯이 사라져 버렸다. 그것은 마치 잠깐 동안 환영을 본 듯한 기분이 들게 했다.

좌승은 퍼뜩 정신을 차리고 강을 향해 내달리며 명령했다.
"꾸물거리지 말고 움직여라!"

태무랑은 산중턱에 우뚝 서서 저 멀리 평야를 내려다보았다.

그는 한 차례의 오행운공으로 허비됐던 오행지기를 완전히 회복했을 뿐만 아니라 오히려 예전보다 기력이 훨씬 충만해진 것을 느꼈다.

그가 굽어보고 있는 산 아래 평야에는 이백이십여 명의 철검추풍대들이 산을 향해 나는 듯이 달려오고 있었다.

태무량이 장원에서 수직으로 솟구쳤다가 곧장 동남쪽으로 날아왔으니까 그걸 보고 철검추풍대가 추격했을 것이라고 생각했다.

슉—

평야를 굽어보던 태무량은 몸을 돌려 산 위를 향해 쏘아 오르기 시작했다.

그는 이렇게 된 것이 오히려 잘된 일이라고 여겼다. 지형지물이 험준한 산중으로 철검추풍대를 끌어들여서 한 놈씩 목을 잘라주겠다고 생각했다.

반 시진 동안 태무량은 철검추풍수 열다섯 명을 죽였다.

그러나 그는 그야말로 악전고투를 했다. 철검추풍수 열다섯 명을 죽이는 동안 그는 다섯 군데나 가볍지 않은 상처를 입어야만 했다.

그가 열다섯 명을 죽이려고 해서 죽인 것이 아니라, 살아남기 위해서 미친 듯이 발악하다 보니까 죽이게 된 것이다.

반 시진 전에 그는 유리한 장소에 매복해 있었다. 산중에서 철검추풍대가 그를 찾아내려고 흩어질 때를 기다렸다가 서너 명 단위의 소수 철검추풍수를 공격해서 죽이고는 사라진다는 계획이었다.

그런데 어떻게 된 일인지 한꺼번에 오십여 명이 태무랑이 매복해 있는 장소로 곧장 다가왔다.

그런데 그들뿐만이 아니다. 어느새 좌우와 배후에도 오륙십 명씩 도합 이백이십여 명이 한꺼번에 그가 매복한 장소를 포위한 채 조여왔던 것이다.

철검추풍대는 주위를 두리번거리지도, 수색을 하지도 않고 태무랑에게 곧장 달려들었다.

그것은 마치 풀 한 포기 자라지 않는 허허벌판에 서 있는 태무랑의 모습을 훤하게 보면서 다가오는 듯한 광경이었다.

그는 자신의 매복 장소가 발각됐다고 판단하여 즉시 뛰쳐나와 선공을 퍼부었다.

만약 그의 결정이 조금만 늦었더라도 그는 숨어 있는 장소에서 고스란히 변을 당할 뻔했다.

그런데 그런 일이 그것으로 끝이 아니었다. 그는 첫 번째 매복 장소에서 가까스로 벗어난 후에 그곳에서 멀리 떨어진 다른 장소에 은신했었다.

그런데 잠시 후 철검추풍대가 그곳까지도 추호의 어려움 없이 찾아낸 것이다.

결국 태무랑은 또다시 그곳을 탈출할 수밖에 없었다. 두 군데 매복 장소에서 벗어나는 과정에서 철검추풍수 열다섯 명을 죽였으며, 자신도 다섯 군데 상처를 입었던 것이다.

그는 앞뒤 꽉 막힌 아둔패기가 아니다. 자신이 그토록 완벽하게 매복을 했는데도 불구하고, 철검추풍대가 추호의 망설임도 없이 정확하게 들이닥쳤다는 사실에 대해서 생각을 해보았다.

그 결과 그는 아까 포구에서 자신이 뒤집어썼던 흰 액체에 무슨 수작이 부려져 있었을 것이라고 짐작했다. 그것 외에는 전혀 짚이는 것이 없기 때문이다.

그는 아까 숨어들었던 장원에서 목욕을 하여 흰 액체를 말끔하게 씻어냈었다.

그런데도 불구하고 철검추풍대가 그의 위치를 정확하게 파악하고 있다는 것은, 흰 액체의 흔적이 아직도 몸에 남아 있다는 뜻이었다.

그렇게밖에는 생각할 수가 없다. 아마도 그 흔적은 냄새일 가능성이 크다.

그는 자신의 몸에 코를 대고 냄새를 맡아봤으나 아무런 냄새도 나지 않았다.

휘익!

현재 그는 대홍산 산중으로 점점 더 깊숙이 들어가고 있는 중이었다.

잠시라도 멈춰 있기만 하면 잠깐 사이에 철검추풍대가 들이닥치기 때문에 멈춰 있을 수가 없는 상황이었다.

더구나 철검추풍대보다 더 빠른 속도로 움직여야 하기 때문에 공력이 더 빨리 허비되고 있었다.

몸에 남아 있는 흔적을 어떻게 없앨 것인지 골똘히 생각하면서 그는 부지런히 경공을 전개했다.

두 차례 싸움에서 입었던 다섯 군데 상처는 달리는 중에 이미 말끔하게 나았다.

그때 문득 그는 지금 상황하고는 전혀 상관없는 다른 생각이 번쩍 떠올랐다.

아까 오행운공을 했을 때 벌어졌던 기이한 현상이 불현듯 생각난 것이다.

'혹시 운공을 해서 오행지기 중에서 원하는 기운만 골라서 흡수할 수 있다면?'

지금 이대로는 안 된다. 태무랑이 철저하게 불리하다. 그는 모르고 있는 흰 액체의 흔적이―냄새라고 추측되는―몸에 남아 있는 한 아무리 발버둥을 쳐도 이것은 시작하기도 전에 패한 싸움이었다.

무언가 해결책을 찾아내야만 한다. 그러나 그것이 뭔지는 짐작조차 하지 못한다.

찾아내지 못하면 그는 이곳 대홍산중에 갇힌 채 절망적인 상황에 빠지고 말 것이다.

아무리 그의 몸이 상처를 스스로 치유하는 능력이 있다고 해도, 몸이 절단되고 목이 잘리면 죽고 말 것이다.
 아니, 어쩌면 단유천과 옥령은 철검추풍대에게 태무랑을 죽이지 말고 사로잡아 오라고 명령했을지도 모른다. 그럴 가능성이 크다.
 태무랑이 살아 있다는 것은, 금강불괴지신을 이루는 계획이 절반은 성공했다는 뜻이기 때문이다.
 그래서 단유천과 옥령은 태무랑을 잡아들여서 다시 온갖 시험을 가할 것이 분명하다.
 다시 잡혀가느니 차라리 죽는 것이 낫다. 아니, 잡히지도 죽지도 말아야 한다.
 끝까지 살아남아서 누이동생을 구하고 단유천과 옥령, 삼장로, 단금맹우들을 자근자근 짓밟아 죽여야만 한다. 그러기 전에는 그의 목숨은 살아 있어도 산 것이 아니다.
 태무랑은 하나의 산등성이를 타고 빠르게 질주하면서 단전의 오행지기 중 하나인 '금기'를 골라 뽑아냈다.
 이어서 금기만으로 운공을 시작했다. 걸으면서 오행운공을 한 적이 있으니까 달리면서도 가능할 것이라는 게 그의 생각이었다.
 그리고 과연 오행운공은 달리면서도 가능했다.
 마침 그는 몇 개의 바위를 향해 달려가고 있는 중이었다.
 푸스으.

오행지기의 결정체 123

그가 첫 번째 바위와 오 장 거리로 좁혀들자 바위에서 누런 황색 기체인 '금기'가 흐릿한 안개처럼 뿜어져 나와 그에게로 꿈틀거리며 날아왔다.

슥—

그가 달리면서 바위를 향해 손을 뻗으며 체내의 금기를 손바닥에 모으자 놀라운 일이 벌어졌다.

푸아악!

바위에서 느릿느릿 흘러나오던 금기가 갑자기 폭포처럼 굵은 줄기가 되어 쏜살같이 그의 손바닥으로 뿜어오더니 찰나지간에 흡수되었다.

푸스스.

그와 동시에 바위는 모래가 되어 흩어져 버렸다.

이어서 그는 좌우에 즐비한 바위들을 스쳐 지나면서 양손을 뻗자 똑같은 현상이 일어났다.

스퍼퍼어—

퍼퍼퍽!

금색의 기운들이 여기저기에서 쏜살같이 쏘아와 그의 양손바닥으로 흡수되는 것과 동시에 바위들은 산산이 부서져 모래가 되었다.

문득 그는 또 다른 발상을 했다. 금기를 흡수하지 말고 조종할 수도 있지 않을까 하는 것이다.

말하자면 바위에서 뽑아낸 금기를 다른 방향으로 보내서

물체를 파괴하거나 다른 결과를 만들어내는 것이다.

그렇게 생각하자마자 그는 전방 십여 장 거리에 있는 집채만 한 바위를 목표로 삼아 오른손 손바닥을 활짝 펼쳐서 뻗었다.

스퍼어.

집채만 한 바위 꼭대기 부분부터 부서져 모래가 되면서 황금색 금기가 띠를 이루어 그를 향해 쏘아왔다.

금기가 이 장 앞에 이르렀을 때 그는 갑자기 오른손의 방향을 오른쪽으로 틀었다.

구오오—

순간 금기가 급격하게 오른쪽으로 방향을 바꾸더니 집 서너 채 크기의 거대한 바위를 향해 쏘아갔다.

쩌쩡!

뒤이어 쇠망치로 꽁꽁 얼어붙은 호수 한복판을 때리는 듯한 음향이 터졌다.

칙칙한 검은색의 바위 중간에 어른 머리통만 한 구멍이 커다랗게 뚫렸다.

카가가각!

태무랑이 가까이 다가가서 보자 구멍의 깊이는 반 자 정도이고, 그 안에서 어른 머리통 크기의 금색 기운인 금기가 맹렬하게 회전하고 있는 것이 보였다.

그런데 금기의 크기가 회전을 거듭할수록 빠르게 작아지더니 세 호흡 만에 사라져 버렸다.

아니, 구멍 안을 자세히 들여다보니까 뭔가 반짝이는 작은 물체가 있었다.

손가락으로 집어내서 손바닥 위에 올려놓고 살펴보자 좁쌀만큼 작은 금빛의 물체였다.

진짜 금보다 더 반짝였으며 매우 단단했다. 이처럼 작은 것이 집채 서너 배 크기의 거대한 바위의 결정체라는 생각을 하자 신기한 생각이 들었다.

그는 혹시나 하는 생각에 체내의 금기를 일으켜 오른손 손바닥으로 모았다.

스으으.

그랬더니 좁쌀 크기의 금기 결정체가 기체로 화하면서 손바닥으로 순식간에 흡수되어 버렸다.

그는 잠시 뭔가 생각하다가 금기를 끌어올려서 손바닥으로 끌어낸다는 생각을 해봤다.

투우.

그러자 한 움큼의 금기가 손바닥에서 위로 솟구치는 듯하다가 곧 좁쌀만 한 크기의 결정체로 변했다.

'대단하군!'

그는 속으로 적이 감탄하면서 다시 달리기 시작했다.

이 대단한 발견을 멈추고 싶지 않았다. 그래서 이번에는 오행지기의 다른 기운을 결정체로 만들어보기로 했다.

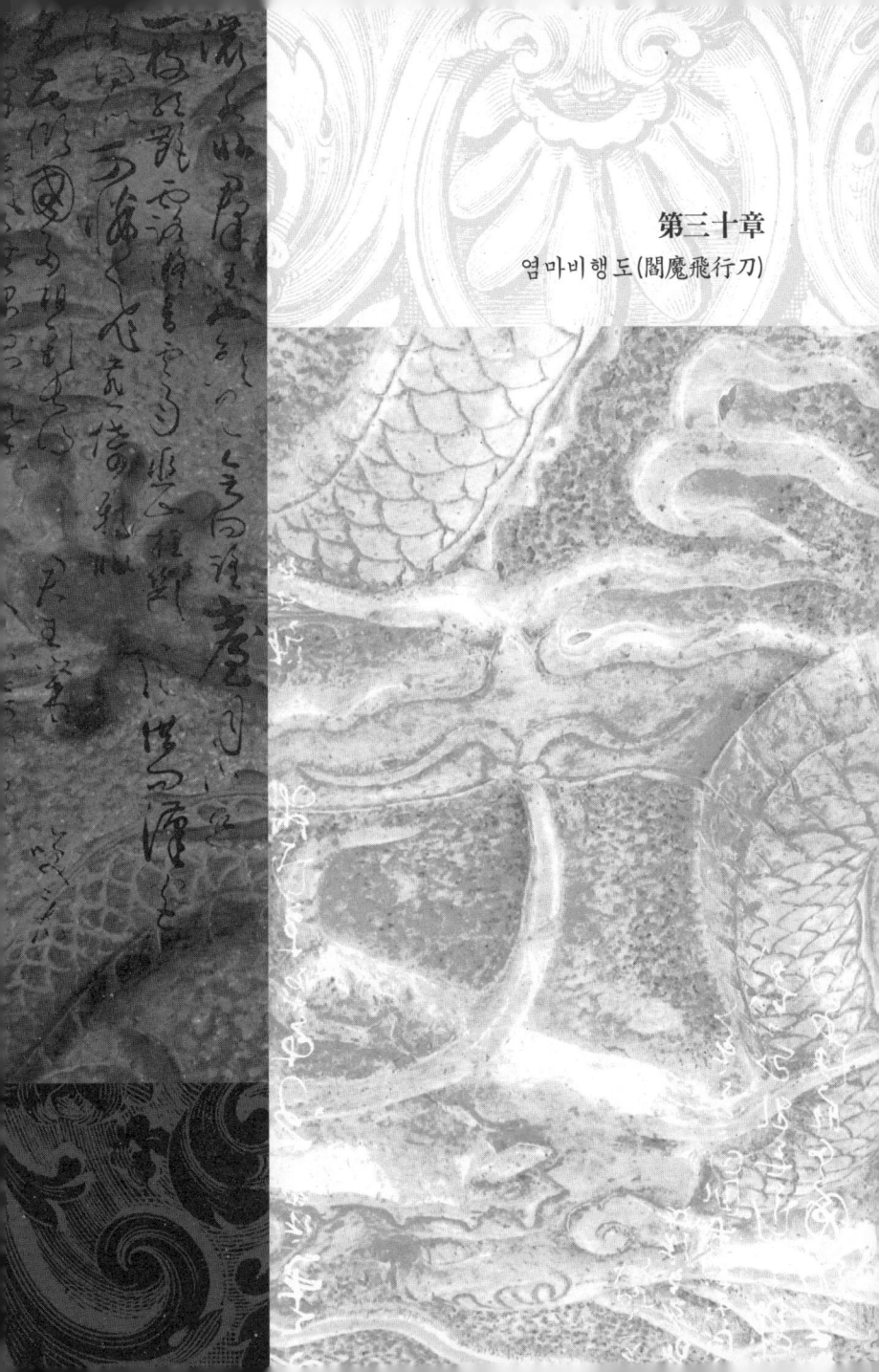

第三十章
염마비행도(閻魔飛行刀)

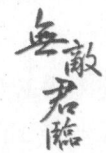

"……!"

계속 달리던 태무랑은 무엇인가를 감지하고 흠칫했다.

그러나 그것이 무엇인지 알 수가 없었다. 뭔가 예리한 것이 자신을 향해 쇄도하고 있다는 막연한 느낌일 뿐이다.

만약 누군가 암습을 하는 것이라면 고강한 자가 분명하다.

달리면서 재빨리 사방을 둘러봤으나 나무와 바위 따위뿐 사람은 어디에도 없었다.

슥—

마지막 남은 머리 위를 올려다보는 순간, 그는 움찔 가볍게 놀랐다.

머리 위 이 장 높이에서 한 인물이 의자에 걸터앉은 자세로 쏜살같이 하강하면서 오른손에 잡은 검을 치켜든 모습을 발견했다.

백의경장에 검은 동의를 걸치고 입 주위와 턱에 짧고 검은 수염을 기른 인물, 철검추풍대주 좌승이다.

이 장까지 접근하도록 모르고 있었다니, 태무랑은 암습하고 있는 자가 강적이라는 걸 직감했다.

염마도나 검을 뽑아 반격하는 것은 이미 늦었다. 그렇다고 오행지기를 끌어올려 발출할 만한 여유도 없다.

무조건 왼쪽으로 몸을 날렸다.

쌔액!

그 순간 날카로운 칼날이 뺨을 스쳤다. 섬뜩한 한기가 뺨을 통해 전해졌다.

태무랑은 바닥을 데구루루 구르면서 염마도를 뽑았다.

스릉!

급습이 실패한 좌승은 한쪽 발이 땅을 딛자마자 화살처럼 태무랑을 향해 짓쳐 가며 두 번째 공격을 시도했다.

패애액!

태무랑이 땅에서 튕겨 일어날 때 좌승의 검은 이미 두 자 앞에서 목을 노리고 베어왔다.

부악!

태무랑은 튕겨 일어나는 반동으로 염마도를 아래에서 위

로 맹렬하게 그어 올리면서 동시에 상체를 비틀어 검을 피하려고 했다.

그러나 완전히 피하지는 못하고 좌승의 검이 왼쪽 어깨를 찌르기 직전인 상황이다.

그 대신 염마도가 좌승의 복부를 아래에서 위, 세로로 그어 버릴 것이다.

그러므로 좌승은 태무량의 어깨를 찌르지 못할 것이다. 동귀어진은 원하지 않을 테니까.

푹!

그런데 좌승의 검이 태무량의 왼쪽 어깨를 네 치 깊이로 깊숙이 찔렀다.

그러고서도 좌승은 염마도에 베이지 않았다. 태무량의 어깨를 찌른 검을 축(軸)으로 삼아 염마도보다 더 빨리 몸을 위로 상승시킨 것이다.

쉬잉!

염마도가 좌승의 배를 아슬아슬하게 빗겨 나가고, 좌승은 멈추지 않고 여전히 태무량의 왼쪽 어깨를 찌른 검파를 움켜잡은 상태에서 머리를 아래로 한 채 태무량의 머리 위를 석 자 거리로 지나쳐서 그의 뒤로 빠르게 넘어갔다.

좌승의 검에 어깨가 찔린 상태인 태무량의 몸도 자연히 좌승을 따라 벌렁 눕듯이 뒤로 넘어갔다.

좌승은 그것으로 태무량을 제압했다고 확신했다. 태무량

이 철검추풍수를 구십 명 가까이 죽였다는 사실에 비하면 너무 싱겁게 제압하는 것 같은 기분마저 들었다.
쿵!
태무랑의 등이 둔탁하게 땅에 닿으며 쓰러졌다.
그 순간 왼쪽 어깨에 꽂혔던 검은 어깨를 완전히 관통하여 땅에 깊숙이 꽂혔다.
좌승은 태무랑 쪽으로 빙글 몸을 돌려 땅에 내려서면서 태무랑이 그런 상태에서는 날고 기는 재주가 있다고 해도 빠져나가지 못하고 꼼짝없이 잡히는 신세가 됐다고 판단했다.
경공이 느린 철검추풍대를 놔두고 좌승 혼자 전력으로 달려와서 태무랑을 따라잡은 것이 들어맞았다.
화웅!
그런데 그 순간 태무랑이 왼손을 뻗자 손바닥에서 시뻘건 불기둥이 뿜어졌다. 화기, 즉 극양지기의 장풍이다.
좌승은 움찔 놀라 그것이 무엇인지 확인할 새도 없이 철판교의 수법으로 번개같이 상체를 뒤로 눕혔다. 그 과정에서 태무랑의 어깨를 찔렀던 검은 자연스럽게 뽑혔다.
위잉!
두 발뒤꿈치만 땅을 디딘 채 상체가 뒤로 쓰러지고 있는 좌승의 가슴 위로 불덩이가 아슬아슬하게 스쳐 지나갔다. 하지만 너무 가까워 그의 옷에 불이 확 붙었다.
그러나 그게 문제가 아니었다.

키잉!

 등이 땅에 닿을 정도로 완전히 상체를 뒤로 젖힌 좌승의 귀에 기이한 파공음이 들려왔다.

 힐끗 쳐다보니 태무랑이 누운 채 오른손의 염마도를 머리 위쪽, 즉 좌승의 발을 향해 맹렬하게 휘두르고 있었다.

 여차하면 두 발목이 잘라질 위기의 순간이다. 좌승은 간담이 서늘한 것을 느꼈다.

 이제 보니 태무랑이 구십 명 가까운 철검추풍수를 죽인 것은 우연이 아니라 실력이었다.

 쿵!

 좌승은 등을 둔탁하게 땅에 떨어뜨리면서 그 반동으로 두 발을 번쩍 들어 올렸다.

 쉐앵!

 찰나 두 발뒤꿈치 아래로 염마도가 번뜩이며 스쳐 지나갔다.

 지금 이 순간에는 먼저 일어나서 공격하는 사람이 절대적으로 유리했다.

 좌승은 공력을 일으켜서 누운 자세로 온몸을 허공으로 붕 떠올리면서 재빨리 상체를 일으켰다.

 그러나 그는 막 공격을 하려다가 움찔 놀라며 그 자리에서 굳어버렸다.

 태무랑이 어느새 먼저 일어나 그를 주시하고 있었던 것이다.

좌승은 태무랑의 두 눈에서 혈광이 일렁거리고 입꼬리가 비틀리며 잔인한 미소가 피어나는 것을 발견하고 등줄기가 오싹해짐을 느꼈다.

번쩍!

그 순간 태무랑의 왼손 손바닥에서 금빛 광채가 뿜어졌다.

금기를 발출한 것이다. 즉, 장풍이다.

체내의 공력을 손바닥을 통해서 발출하는 장풍은 아무나 전개할 수 있는 것이 아니다.

일류고수라고 해도 장풍으로 손목 굵기의 나무를 부러뜨리는 정도가 고작이다.

그런데 태무랑의 장풍은 일견하기에도 대단히 위력적이었다. 이 정도라면 단번에 돌담을 뚫을 정도라는 생각이 좌승의 머리를 스쳤다.

순간 좌승의 왼손이 본능적으로 앞으로 뻗어졌다.

위잉!

수레바퀴가 세차게 도는 듯한 음향과 함께 무형의 장풍이 좌승의 왼손에서 뿜어졌다.

철검추풍대주면 무극신련에서 백대고수(百代高手) 안에 꼽힌다. 그러므로 장풍 정도는 전개할 수 있다.

하지만 급작스럽게 장풍을 발출했기 때문에 공력의 칠 할 정도만 뿜어졌다.

그렇다고 해도 좌승은 그 정도로도 능히 태무랑이 발출한 장풍을 압도할 수 있을 것이라고 확신했다.

퍼억!

태무랑의 금기, 즉 금기장(金氣掌)과 좌승의 장풍이 정면으로 충돌했다.

"헉!"

순간 좌승은 헛바람을 토해냈다.

태무랑의 금기장이 좌승의 장풍을 뚫고 그대로 그의 왼 손바닥에 적중된 것이다.

아니, 적중으로 끝나지 않고 금기장은 그의 왼팔을 팔꿈치까지 아예 짓뭉개 버리고 말았다.

공력은 좌승이 더 심후할지 몰라도, 또한 장풍 역시 그가 더 강력할지 몰라도 중요한 것은 태무랑의 장풍이 금기장이라는 사실이었다.

'금(金)'은 만물 중에 가장 단단하다. 그러므로 금기장이 좌승의 장풍을 뚫고 들어간 것은 당연한 일이었다.

번쩍!

그때 태무랑의 왼손에서 다시 한 번 금빛 광채가 번쩍이며 금기장이 발출됐다.

푸악!

"끅!"

금기장은 비틀거리고 있는 좌승의 배에 주먹만 한 크기의 구멍을 뻥 뚫었다.

"으으……."

좌승이 오른손의 검을 떨어뜨리고 경악과 고통이 뒤범벅된 표정으로 더욱 비틀거리면서 두어 걸음 물러나고 있을 때 태무랑의 염마도가 허공을 갈랐다.

쩌걱!

염마도는 시퍼런 광채를 뿌리면서 좌승의 정수리에서 사타구니까지 일도양단해 버렸다.

좌승은 구멍 뚫린 배에서 피와 내장을 꾸역꾸역 흘리면서 시뻘겋게 충혈된 눈으로 태무랑을 쏘아보며 덜덜 떨리는 손을 뻗었다.

"너는… 악마… 로… 구… 나…….”

좌악!

이어서 좌승의 몸이 세로로 쪼개져 분리되며 피와 창자가 한꺼번에 쏟아졌다.

태무랑은 왼쪽 어깨에서 피를 뚝뚝 흘리면서 염마도를 움켜쥔 채 양단된 좌승의 시체를 굽어보았다.

태무랑의 입가에 흡족한 미소가 피어올랐다.

이번 살인은 매우 마음에 들었다. 될 수 있으면 철검추풍수들을 모조리 이런 식으로 죽이고 싶었다.

스으으.

태무랑의 왼쪽 어깨에 관통된 상처가 아물기 시작했다.

그때 그는 번쩍 정신을 차렸다. 이곳에서 지체하다가 철검추풍수들에게 덜미가 잡히면 곤란해진다.
 그래서 막 신형을 날리려는데 어느새 전면에 철검추풍수들이 들이닥치기 시작했다.
 태무랑은 움찔하며 재빨리 주위를 둘러보면서 신형을 날릴 곳을 찾고 있는데, 사방에서 철검추풍수들이 우르르 쏟아지듯이 쇄도하고 있는 광경이 보였다.
 이제 보니까 이곳은 계곡 깊숙한 곳이다. 무작정 달리다가 좌승에게 급습을 당한 곳이 하필이면 최악의 장소였다.
 도주할 만한 곳이 없다. 철검추풍수들이 순식간에 사방을 에워쌌고, 계곡 양쪽 가파른 비탈에도 어김없이 빼곡하게 진을 치고 있었다.
 계곡의 높이는 삼십여 장이 족히 넘었다. 오행지기로 경공을 발휘하여 솟구친다고 해도 삼십여 장은 무리다.
 설혹 강행한다고 해도 만약 실패하면 기진맥진해서 그것으로 끝장이 나고 만다.
 "대주!"
 그때 누군가 부르짖듯이 외쳤다.
 태무랑 가까이에 있던 철검추풍수 몇 명이 처참하게 죽어 있는 좌승의 시체를 발견하고 얼굴이 일그러지며 참담한 표정을 지었다.
 그걸 보고 태무랑은 방금 전에 자신이 죽인 자가 철검추풍대주라는 사실을 깨달았다.

지금은 위급한 상황이지만 그 사실을 알고 나니 기분이 조금 좋아졌다.

그리고는 생각을 고쳐먹었다. 어차피 도망칠 수 없다면 전력을 다해서 원없이 싸워보자는 것이다.

빠르게 주위를 훑어보니 겹겹이 포위한 철검추풍수는 이백여 명 정도다.

지난 이틀 동안 태무랑 손에 백여 명의 철검추풍수들이 저승으로 떠났다.

꽉!

'후후후……. 좋아, 한번 싸워보자.'

태무랑은 오른손의 염마도를 힘주어 움켜잡으며 입가에 싸늘한 미소를 머금었다.

태무랑 주위에 있는 자들은 각 조장들이다. 그들은 철검추풍대주 좌승의 처참한 시체를 보고 극도로 참담하고 분노한 상태였다.

대주 좌승은 철검추풍수 삼백 명에게는 큰형님 같고 아버지 같은 존재였다.

그런 좌승이 배에 구멍이 뻥 뚫리고 왼팔이 짓뭉개졌으며 정수리에서 사타구니까지 세로로 쪼개져서 피와 내장을 쏟은 채 죽어 있는 것이다.

좌승의 시체를 보는 것은 조장들만이 아니다. 포위망을 구축하거나 양쪽 계곡에 있는 철검추풍수들 모두가 좌승의 시체를 보고 있었다.

그 말은 그들 모두 이성을 잃을 정도로 극도로 분노하고 있다는 뜻이었다.

태무랑은 대주를 죽였을 뿐만 아니라 이미 백여 명의 철검추풍수들을 무참히 도륙했다.

이백여 명의 철검추풍수들에게 태무랑은 불공대천지수나 다름이 없는 존재다.

계곡 꼭대기 어느 바위 뒤에 두 사람이 모습을 감춘 채 바위 틈새로 계곡 아래를 조심스럽게 살펴보고 있다.

바로 신풍개와 개방 번성분타주다.

철검추풍대 전원이 대홍산으로 향했다는 보고를 듣자마자 신풍개는 전력으로 그들의 뒤를 쫓았고, 방금 전에 이곳에 도착한 것이다.

신풍개는 태무랑의 주변과 계곡 곳곳을 날카롭게 살펴보았다.

그는 태무랑 앞에 만신창이가 되어 널브러져 있는 시체가 철검추풍대주라는 사실을 알아내는 데 꽤 오래 걸렸다. 좌승의 죽은 모습이 그만큼 처참했기 때문이다.

'설마 저 녀석이 철검추풍대주를 죽였단 말인가?'

신풍개는 계곡 아래쪽에서 벌어져 있는 상황으로 봐서는 태무랑이 좌승을 죽였다는 사실이 거의 확실한데도 쉽게 믿어지지 않았다.

　신풍개가 익히 알고 있는 철검추풍대주는 일류고수 중에서도 앞에 '초(超)' 자를 붙여야 할 정도였다. 그런 철검추풍대주가 태무랑에게 갈가리 찢겨진 채 죽었다는 사실이 어찌 쉽사리 믿겨지겠는가.

　신풍개의 시선이 태무랑을 포위하고 있는 철검추풍대를 둘러보았다.

　대략 이백여 명이다. 무극신련의 무극삼대가 각각 삼백 명으로 이루어져 있다는 것은 잘 알려진 사실이다.

　그렇다면 태무랑이 백여 명을 죽였다는 것이다. 태무랑 단신으로 철검추풍대주를 비롯하여 철검추풍수 백여 명을 죽였다. 실로 가슴 떨리는 일이다.

　'도대체 어떻게 죽인 거지?'

　도무지 상상이 가지 않았다. 만약 이 사실이 무림에 알려지면 발칵 뒤집힐 것이다. 반면에 무극신련의 찬란한 위명은 땅에 떨어질 것이다.

　그렇다고 해도, 태무랑은 지금 이백여 명의 철검추풍수들에게 겹겹이 둘러싸여 있다.

　그것은 태무랑이 사면초가에 처했다는 의미다. 제아무리 철검추풍대주와 백여 명의 철검추풍수를 죽인 태무랑이라고 해도, 이백여 명의 철검추풍수들을 한꺼번에 상대하여 살아남거나 탈출하는 것은 불가능한 일이었다.

그것보다는 차라리 황하가 거꾸로 흐르기를 바라는 쪽이 쉬울 것이다.
 신풍개로서는 도저히 실마리가 보이지 않았다. 태무랑이 처참하게 죽어 있는 모습만 눈앞에 선하게 떠올랐다.
 [소방주! 시작입니다!]
 그때 분타주가 화들짝 놀라서 소방주의 어깨를 치며 급히 전음을 보냈다.
 분타주도 엄청 긴장한 것이 분명하다. 그러지 않았다면 감히 소방주의 어깨를 치는 일 따윈 상상도 할 수 없었다.
 물론 분타주 이상으로 긴장한 신풍개도 그런 것에 신경 쓸 겨를이 없었다.
 그는 다급히 태무랑이 있던 곳을 쳐다보다가 너무 놀라서 하마터면 비명을 지를 뻔했다.
 '우앗!'
 태무랑은 저돌적으로 앞으로 돌진하고 있었는데, 이미 한 명의 조장을 빠르게 스쳐 지나 두 번째 조장을 향해 짓쳐 가고 있는 중이었다.
 그런데 신풍개가 쳐다보고 있는 동안에 태무랑이 막 스쳐 지나간 첫 번째 조장의 머리가 목에서 분리되어 허공으로 떠오르고 있었다.
 신풍개는 태무랑이 첫 번째 조장을 그냥 스쳐 지나간 줄 알았는데 어느새 목을 벤 것이다.

'단 일 도에 철검추풍대 조장을……!'

신풍개는 태무랑이 두 번째 조장을 향해 쇄도하는 광경을 보면서 마른침을 꿀꺽 삼켰다.

[어, 어떻게 합니까?]

신풍개하고 어깨를 맞대고 바위 틈새로 계곡 아래를 굽어보고 있는 분타주가 짓눌린 듯한 전음으로 중얼거렸다.

두 사람이 계곡 아래를 지켜보고 있은 지 한 시진이 지나고 있었다.

그것은 태무랑과 이백여 명의 철검추풍수들이 한 시진째 싸우고 있다는 뜻이었다.

콰쾅!

퍼퍼퍼퍽!

"크아악!"

"와악!"

계곡 아래에서는 뭔가 폭발하는 소리와 둔탁한 소리, 그리고 처절한 비명 소리가 어지럽게 터져 나오고 있었다. 그런 소리도 역시 한 시진째 나고 있는 중이었다.

[적안혈귀 저거… 괴물이로군요…….]

분타주가 그런 전음을 보내지 않아도 신풍개는 아까부터 그런 생각을 하고 있었다.

그리 넓지 않은 계곡 바닥 곳곳에는 철검추풍수들의 시체가 즐비했고 그들이 흘린 피가 여러 갈래의 작은 내를 이루어 흐를 정도였다.

 지난 한 시진 동안 철검추풍수는 사십여 명 정도 죽었다.

 제 모습을 온전히 갖추고 죽은 시체는 한 구도 없었다.

 목이 잘린 것은 약과고, 정수리에서 사타구니까지 일도양단되거나 몸통이 통째로 잘라지고 가슴과 복부에 커다란 구멍이 뚫려 내장을 모조리 쏟아낸 시체가 대부분이다.

 또한 장풍에 머리통이 박살 나고 극양지기에 타버려서 숯덩이가 되거나, 극음지기에 몸이 얼었다가 부서져서 얼음 조각이 된 시체들도 더러 있었다.

 신풍개와 분타주는 태무랑의 한 몸에서 쏟아져 나오는 여러 종류의 무공을 보고 대경실색했다.

 아니, 무공만이 아니다. 뭐라고 설명해야 좋을지 모를 신기하고 괴이한 일들도 벌어졌다.

 태무랑은 관운장의 언월도처럼 생긴 무기를 사용하기도 하고, 때로는 검을 사용하기도 했다.

 그런데 무슨 무공인지 알아볼 수가 없었다. 신풍개는 사부 괴노협의 진전을 고스란히 이어받았을 뿐만 아니라 무림 각 파의 성명무공이나 무림에서 벌어지는 수많은 일들을 빠삭하게 꿰고 있었다.

 그러므로 그가 알아보지 못하는 무공은 거의 없다고 해도 과언이 아니었다.

그런데 태무랑이 전개하는 검법과 도법은 어떤 유파(類派)인지 도무지 식별할 수가 없었다.

자세히 보면 알 것도 같은데, 더 자세히 보면 생판 모르는 무공이었다.

게다가 태무랑은 언월도 같은 것을 창처럼 자유자재로 사용하기도 했다.

그것은 군사들이 사용하는 창술 같기도 한데 그보다는 훨씬 더 위력적이고 쾌속하며 패도적이었다.

그러나 그게 다가 아니었다. 그는 오른손으로 언월도나 검을 사용하면서 동시에 왼손으로 극양지기나 극음지기, 그리고 뭔지 모를 금빛과 푸른빛, 흑색의 장풍과 지풍을 발출하기도 했다.

신풍개는 양손으로 검법이나 도법을 전개하면서 왼손으로 장풍, 혹은 지풍을 동시에 전개한다는 말을 들어본 적조차 없었다. 그런데 그것을 태무랑이 하고 있었다.

하지만 그런 것들은 신풍개와 분타주가 태무랑을 '괴물'이라고 부르는 절반의 이유였다.

또 다른 절반의 이유는 태무랑이 절대로 죽지 않는다는 사실이었다.

싸움이 시작된 이후 태무랑이 철검추풍수들에게 찔리거나 베인 것을 신풍개가 본 것만 해도 삼십여 차례다.

그것은 온몸 삼십여 군데를 검에 찔리거나 베었다는 얘기다.

가볍게 팔이나 다리, 어깨를 다치기도 했으나, 목이나 가슴, 복부 등 치명적인 곳을 다치기도 했다.
 그런데도 태무량은 죽지 않았다. 아니, 쓰러지는 일조차도 없었다.
 오히려 한 번 다칠 때마다 힘이 더 치솟는지 괴성을 지르고 악마처럼 웃으면서 철검추풍수들을 공격해 갔다.
 그는 적이 이백여 명이나 되고, 자신이 혼자며, 그리고 엄청나게 다쳤다는 사실 따윈 전혀 모르는 사람 같았다.
 '저건 괴물이 아니다……'
 신풍개가 넋 나간 얼굴로 내심 중얼거렸다.
 '염마왕(閻魔王)이다……'

 칵!
 "끄악!"
 태무량의 염마도가 철검추풍수의 옆구리로 파고들어 절반쯤에서 멈추었다.
 공력이 많이 소모됐기 때문이기도 하지만, 한 명을 죽이고 나서 연결 동작으로 휘두른 일도라서 몸통을 단칼에 자르지 못했다.
 '오십 명……'
 태무량은 한 명 죽일 때마다 속으로 셌다.
 쉬익!

그 순간 그는 배후와 왼쪽에서 두 자루 검이 찔러오는 것을 감지했다.

피하는 것은 늦었다. 그렇다면 여태까지 해왔던 대로 급소만은 찔리지 않도록 최대한 몸을 비틀어줘야 한다.

아직까지는 심장을 찔리거나 머리, 혹은 목을 제대로 다친 적이 없었다.

그럴 경우에 어떤 결과가 나타날지는 그 자신도 모른다. 하지만 시험해 보고 싶은 생각은 없다.

푹!

왼쪽의 검은 허리를 비트는 동작으로 피했는데 배후의 검은 피하지 못하고 오른쪽 등에 깊숙이 찔려 검첨이 가슴으로 튀어나왔다. 단지 심장을 피했을 뿐이다.

창!

그러나 태무랑은 염마도를 놓는 것과 동시에 빙글 오른쪽으로 회전하면서 어깨의 검을 뽑아 그대로 뒤로 후려쳤다.

껑!

회전하는 바람에 등에 꽂혔던 검이 잔뜩 휘어졌다가 끝내 뎅겅 부러졌다.

파곽!

"끅!"

"캑!"

태무랑의 검이 자신의 등을 찔렀던 자와 왼쪽 옆구리를 찌르려다가 실패한 자의 목을 연달아 잘랐다.
 그리고는 원위치에 이르기 전에 검을 검실에 꽂으면서 가슴으로 튀어나온 검첨을 잡아 뽑고, 이어서 회전하기 전에 놓았던 염마도 도파를 잡으면서 염마도에 몸통이 반쯤 잘린 자를 냅다 걷어찼다.
 퍽!
 '오십이 명······.'
 속으로 사자(死者)의 수를 세며 붉게 충혈된 눈으로 재빨리 주위를 둘러보았다.
 누가 자신을 공격하는지를 살피는 것이 아니라 먹잇감을 찾기 위해서다.
 공격당하는 것은 눈으로 보지 않고 귀와 육감만으로도 충분히 감지할 수 있었기 때문이다.
 '크흐훗! 이놈!'
 전방에서 저돌적으로 공격해 오는 세 명의 철검추풍수를 이번 먹잇감으로 정한 태무랑은 흰 이를 드러내며 잔인한 미소를 흘렸다.
 그는 온몸에 피를 흠뻑 뒤집어쓴 시뻘건 혈인(血人)의 모습을 하고 있었다.
 오십이 명의 철검추풍수가 뿌린 피와 자신이 흘린 피가 뒤섞인 것이다.
 그의 상처는 아물 새가 없었다. 찔리고 베인 상처가 아물기도 전에 또 다른 상처가 생기기를 반복하고 있었다.

 옷은 갈가리 찢어져서 너덜거렸으며, 머리카락은 풀어헤쳐져서 봉두난발이다.

 피범벅의 모습이면서도 흰 이를 드러내고 잔인한 미소를 흘려내고, 두 눈에서는 핏빛 혈광을 줄줄이 뿜고 있다.

 현재 그는 어느 정도 이성을 잃은 상태다. 그의 머릿속을 가득 채우고 있는 생각은 이곳에 있는 철검추풍수들을 모조리 죽여야 한다는 일념뿐이었다.

 이성을 잃기는 철검추풍수들도 마찬가지다. 백여 명의 동료들을 죽였으며, 대주 좌승을 죽이고, 자신들의 눈앞에서 오십여 명의 동료를 무참하게 죽인 태무랑을 갈가리 찢어 죽이기 위해서 그들은 미친 듯이 공격을 퍼부어댔다.

 이곳에는 오직 광기(狂氣)만이 만연해 있었다.

 스륵.

 전면으로 쏘아가던 태무랑의 눈동자가 갑자기 오른쪽으로 구르는가 싶더니, 느닷없이 오른쪽으로 방향을 꺾으면서 염마도가 수평으로 오른쪽을 향해 무섭게 그어갔다.

 가히 빛을 방불케 하는 속도다.

 키이잉!

 전면에서 공격해 오는 세 명을 먹잇감으로 삼고 돌진하고 있었으나 중도에 더 나은 먹잇감을 발견한 것이다. 바로 오른쪽에서 공격해 오는 두 명이다.

태무랑이 오른쪽 두 명을 공격하면 전면의 세 명이 공격해 오겠지만 그런 것은 신경 쓰지 않았다. 그건 그때 가서 생각하면 된다.
　키우웅!
　태무랑이 공격하고 있는 오른쪽 두 명은 염마도의 길이를 가늠하고 급히 멈추더니 뒤로 한 걸음 물러나며 허리를 뒤로 뺐다.
　약한 검으로 염마도를 막을 생각은 추호도 하지 못한다. 막았다가는 그대로 부러져 버린다.
　순간 태무랑은 두 명이 물러나는 것보다 더 빠르게 그들에게 쇄도하면서 동시에 염마도를 길게 잡았다.
　퍽!
　염마도가 두 명 중 왼쪽 한 명의 목을 자르며 주춤하는 순간, 오른쪽에 있던 자가 화살처럼 태무랑을 향해 쏘아오며 검을 그어댔다. 흉내 내기 어려운 절묘한 반격이다.
　피이잇!
　순간 태무랑은 방금 한 명을 죽이고 왼쪽에서 오른쪽 수평으로 맹렬히 그어가고 있는 염마도에 체중을 실은 채 둥실 몸을 띄웠다.
　그뿐 아니라 염마도 도파를 오른손으로 잡은 채 몸을 팽그르르 회전시키면서 공격하고 있는 자의 뒤쪽으로 날아 넘으며 그자의 뒤통수를 향해 염마도의 방향을 틀었다.

키웅!

 공격하던 자는 눈앞에서 갑자기 태무랑이 위로 솟구치는가 싶더니 오히려 뒤에서 파공음이 들리자 움찔 놀랐다.

 팍!

 "캑!"

 그러나 그는 몸을 돌리기도 전에 궁둥이에서부터 정수리까지 세로로 잘려서 붕 날아가다가 허공중에서 몸이 반쪽으로 분리됐다.

 지금 태무랑은 또 한 가지 싸움의 요령을 터득하고 있는 중이었다.

 염마도에 체중을 싣고 허공에 띄운 상태에서 적을 공격하는 수법이다.

 그럴 수 있는 것은 염마도가 무겁기 때문이고, 또 일단 웬만큼 속도와 탄력을 받아야 가능한 일이었다.

 그러면 체중을 염마도에 싣기 때문에 염마도는 가속도가 붙어서 더 빠르고 위맹해진다.

 그 상태에서 태무랑은 이따금씩만 발끝으로 땅을 가볍게 디디면서 염마도와 자신의 방향을 틀어주기만 하면 된다.

 그는 한 번 싸울 때마다 하나 이상의 싸우는 방법을 학습하고 있었다.

 키아앙!

 속도가 가일층 빨라진 염마도는 악마의 울부짖음을 토해

내면서 허공을 종횡무진 누비며 철검추풍수들을 베었다.
 파파아악!
 "크악!"
 "끄액!"
 태무랑은 오른발 발끝으로 땅을 힘차게 박차고 철검추풍수들의 한복판으로 맹렬하게 쏘아갔다.
 "크핫핫핫! 모조리 죽여주마!"
 그것은 염마비행도(閻魔飛行刀)였다.

第三十一章
위대한 전사(戰士)

 그야말로 파죽지세다.

 태무랑은 시간이 지날수록 염마비행도를 빠르게 터득하여 철검추풍수들의 한복판에서 좌충우돌하며 무차별적으로 도륙해 갔다.

 얼마 전까지만 해도 상대의 목이나 머리, 심장을 겨냥했었으나, 지금은 염마도가 가는 대로 내버려 둔 상태이기 때문에 염마도는 철검추풍수들의 몸통과 사지, 머리 등을 닥치는 대로 자르고 또 잘랐다.

 그는 어느덧 팔십여 명을 죽였다. 이제 남은 자는 백이십여 명뿐이다.

탓!

그는 방향을 급격히 뒤쪽으로 틀기 위해서 왼발로 땅을 딛으면서 힘차게 박차기 위해 발에 힘을 주었다.

파악!

그 순간 누군가의 검이 왼발 허벅지 뒤쪽을 깊숙이 베었다.

절반쯤 베어진, 아니, 잘라질 정도로 큰 상처다. 그런 상태로는 발에 조금도 힘을 줄 수가 없다.

쿵!

더구나 왼발로만 몸을 지탱하고 있었기 때문에 즉시 균형을 잃고 왼발로 무릎을 꿇는 것과 동시에 몸이 앞으로 고꾸라지듯 엎어졌다.

쏴아아악!

그 순간 기다렸다는 듯이 그의 온몸으로 수십 자루의 검들이 소나기처럼 쏟아졌다.

왼발 허벅지가 베어져서 몸이 앞으로 엎어지고 있는 상황이므로 아무리 태무랑이라고 해도 어쩔 재주가 없다.

파파파파팍!

아직 엎어지지도 않은 그의 몸에 십여 자루의 검이 고기 산적처럼 마구 찔러댔다.

그리고 몸이 엎어지자 더 많은 검들이 그의 온몸을 찔렀다. 검들은 그의 머리와 목, 심장, 등, 허리, 다리를 완전히 관통해 버렸다.

[아아… 적안혈귀가 저렇게 끝나는군요.]

분타주는 눈도 깜빡이지 않은 채 태무랑을 보면서 탄식하듯 전음을 보냈다.

아니, 신풍개와 분타주가 있는 곳에서 태무랑의 모습은 보이지 않았다. 수십 명의 광분한 철검추풍수가 그를 난도질하고 있었기 때문이다.

신풍개도 분타주의 생각과 같았다. 지금까지 고군분투하면서 지옥의 염마왕처럼 길길이 날뛰었던 태무랑이지만, 저 상황에서는 살아날 가능성이 터럭만큼도 없기 때문이다.

무극신련은 정파의 대들보다. 그러므로 무극신련이 적으로 삼은 자는 악인이다.

더구나 철검추풍대가 직접 나섰다면 적안혈귀는 악인 중에서도 악인일 것이다.

하지만 신풍개는 무극신련의 휘하 북경 무영검문이 인신매매를 하고 있다는 사실을 알고 있었다.

그 상황에서 혜성처럼 나타난 적안혈귀가 장안의 화뢰원과 낙양의 기화연당을 연달아 초토로 만들어서 무영검문의 인신매매 사실을 무림계의 표면으로 드러나게 한 것을 알게 되었다.

또한 낙성검문이 오래전부터 무영검문의 인신매매를 비밀리에 조사하던 중에 적안혈귀의 사건이 터져서 그에게 접근하여 꽤 많은 정보를 얻어냈을 것으로 추측했다. 하지만 그 정보가 무엇인지는 알지 못한다.

바로 그때 무극신련의 철검추풍대가 적안혈귀를 잡기 위해서 직접 번성에 나타났다.

신풍개는 무엇 때문에 철검추풍대가 적안혈귀를 잡으려거나 혹은 죽이려고 하는 것인지 이유를 알지 못한다.

하지만 적안혈귀가 무영검문의 비리를 파헤치고 있는 것이 이유일지도 모른다고 짐작은 하고 있었다.

그것이 사실이라면 무극신련은 지나친 무리수를 둔 것이다. 적안혈귀를 잡거나 죽이기 위해서 철검추풍대를 보낸 것은, 무영검문의 인신매매에 무극신련이 연관되었다는 사실을 인정한 것이나 다름이 없기 때문이다.

무극신련이 아무리 비밀리에 철검추풍대를 보냈다고 해도 개방이나 그 밖에 무림의 날카로운 눈들을 완전히 벗어날 수는 없는 일이었다.

그렇기 때문에 무극신련은 도끼로 제 발등을 찍는 것 같은 어리석은 짓을 하지 않을 것이다.

무극신련이 정말 무영검문의 인신매매에 연관이 되었다면, 절대 이런 식으로는 일을 처리하지 않을 것이기 때문이다.

그러므로 무극신련이 적안혈귀를 잡거나 죽이려고 하는 데에는 다른 이유가 있을 가능성이 크다.

"소방주! 저기!"

그때 분타주가 다급하게 외쳤다. 얼마나 놀랐으면 전음을 사용해야 한다는 사실도 잊고 육성으로 크게 소리쳤다.

"뭐, 뭐야, 저게?"

그러나 신풍개는 분타주를 꾸짖지 못했다. 오히려 그 자신은 벌떡 일어나며 더 큰 외침을 터뜨린 것이다.

그럴 수밖에 없었다. 지금 계곡에서 벌어지고 있는 광경을 보고 있다면 말이다.

철검추풍수들 수십 명이 태무랑에게 달라붙어서 무참하게 찌르거나 베고 있는 상황은 조금 전이나 변함이 없었다.

아마도 태무랑은 난도질당해서 수백 차례 검에 찔리고 베었을 것이다.

스스으으……

그런데 신풍개와 분타주를 기절초풍시킨 상황은 다른 곳에서 벌어지고 있었다.

태무랑과 그를 난도질하고 있는 수십 명의 철검추풍수, 그리고 그 바깥쪽에서 포위망을 형성하고 있는 또 다른 철검추풍수들 바깥쪽에서 벌어지고 있는 현상이었다.

계곡의 모든 것들, 하늘과 땅, 바위와 초목들에서 오색의 기운들이 짙은 안개처럼 뭉클뭉클 뿜어져 나오고 있었다.

그러더니 돌연 그것들이 수백 줄기의 오색의 띠를 이루어 태무랑을 향해 집중적으로 쏘아갔다.

콰콰콰아아아―!

태무랑을 난도질하던 철검추풍수들과 그 바깥쪽의 철검추풍수들 모두가 갑자기 들려오는 굉음에 동작을 멈추고 급히 뒤돌아보았다.

그리고는 자신들을 향해 번갯불처럼 쏘아오는 수백 줄기의 오색 빛줄기들을 발견하고 혼비백산했다.

그 순간 오색 빛줄기들이 사방에서 철검추풍수들을 한꺼번에 덮쳤다.

콰콰콰우웅―!

퍼퍼퍼퍼퍽!

수백 줄기의 오색 빛은 철검추풍수들을 휩쓸어 버렸다.

온몸에 구멍이 숭숭 뚫리거나 몸의 여기저기가 마구 뚝뚝 떨어져 나갔다.

또한 붉은 빛줄기에 적중된 자들은 온몸에 불이 붙었고, 백색 빛줄기는 철검추풍수들을 얼음덩어리로 만들었다가 조각조각 부숴 버렸다.

지옥이 있다면 바로 이곳이라고 할 수 있었다. 소름 끼치고 참혹하기 이를 데 없는 광경이었다.

스파아아―!

그리고는 수백 줄기의 오색 빛들은 태무랑의 온몸으로 흡수되어 흔적도 없이 사라졌다.

불과 세 호흡 만에 백이십여 명의 철검추풍수들이 한 명도 남지 않고 모조리 떼죽음을 당했다.

화아아—!

그리고 붉은 빛줄기에 적중된 시체들이 곳곳에서 타오르며 불꽃을 일으켰다.

태무랑은 엎어진 자세 그대로다. 온몸에는 수십 자루의 검이 고슴도치처럼 꽂혀 있다.

그리고 그보다 훨씬 더 많은 상처에서 콸콸 피가 흘러, 아니, 쏟아져 나왔다.

그는 죽었는지 엎드린 자세에서 꼼짝도 하지 않았다.

다만 두 팔이 양쪽으로 활짝 펼쳐진 상태였다. 마치 처절하게 몸부림을 친 듯한 자세다.

신풍개는 일어섰고 분타주는 바닥에 주저앉은 채 계곡 아래를 쏘아보았다.

두 사람의 얼굴에는 평생 놀랄 것을 다 합친 것보다 더 경악하는 표정이 떠올라 있었다.

적안혈귀도 죽었고, 이백여 명의 철검추풍수들도 죽었다. 아니, 철검추풍대 삼백 명이 대주 이하 깡그리 죽었다. 동귀어진을 한 것이다.

계곡에는 괴괴한 적막만이 감돌았고, 방금 죽은 이백여 원혼들이 계곡 위를 이리저리 부유하는 것 같아서 등골이 오싹거렸다.

평소 간담이 크고 강호 경험을 두루 했다고 자부하는 신풍개지만 이 순간만큼은 간이 콩알처럼 오그라들었다.
  그는 수많은 싸움을 구경했으나 이처럼 많은 수가 한꺼번에 죽는 것은 생전 처음 보았다.
  더구나 단 한 명이 일 대 이백의 싸움을 벌여서 동귀어진을 한 것이다.
  게다가 상대는 정파의 대들보 무극신련의 무극삼대 중 철검추풍대다.
  무림에서는 감히 '무적'이라는 말을 함부로 사용하지 않지만, 간혹 무극삼대에겐 사용하기도 한다. 그만큼 막강하기 때문이다.
  "굉장하군요, 적안혈귀……."
  그때 퍼질러 앉은 분타주가 초점 잃은 눈으로 중얼거렸다.
  신풍개는 그제야 자신이 호흡을 멈추고 있다는 사실을 깨닫고 길게 숨을 토해냈다.
  "푸아아!"
  이어서 경탄 어린 표정으로 태무랑을 내려다보며 중얼거렸다.
  "그에게 적안혈귀 따위의 별호는 어울리지 않는다. 무적신룡이야말로 그에게 걸맞은 별호다."
  신풍개는 너무도 엄청난 역사적 현장을 목격한 충격이 아직 가시지 않은 상태였다.

그리고 그의 머릿속에는 태무랑이라는 사내에 대한 생각으로 가득 차 있었다.

그를 본 첫인상은 과묵하고 건방지고 하늘 높은 줄 모른다는 느낌이었다.

그러나 지금은 그런 자잘한 느낌들이 깡그리 사라졌다. 그리고 오직 단 한 가지 느낌이 새로 생겼다.

위대함이다. 적안혈귀, 아니, 무적신룡은 실로 위대했다.

신풍개는 무적신룡에 대해서 아는 것이 거의 없었다. 그러면서도 그를 위대하다고 생각했다.

혈혈단신으로 무림 최강이라는 철검추풍대 삼백 명을 죽였기 때문이 아니다.

그의 싸우는 모습, 미친 야수처럼 날뛰며 온몸에서 피를 철철 흘리면서도 죽이고 또 죽이던 그의 투지에 소름이 끼치면서도 고개가 숙여졌다.

그런데 그때 갑자기 분타주가 벙어리가 빙판에 넘어진 듯한 신음을 흘렸다.

"어어… 으……."

하늘을 우러러보던 신풍개는 분타주의 신음에 무심코 계곡을 내려다보다가 심장이 목구멍 밖으로 튀어나올 듯이 혼비백산했다.

"허억!"

도저히 믿어지지 않는 일이 그의 눈앞에서 일어나고 있

위대한 전사(戰士) 163

었다.

 얼마나 혼비백산했는지 분타주는 주저앉은 채 스르르 뒤로 쓰러져 버렸다.

 보라. 이백여 구의 시체들 속에서 태무랑이 아주 느릿하게 일어나고 있었다.

 그러나 몹시 술에 취한 듯 일어나다가 주저앉기를 여러 차례 반복하던 끝에 마침내 두 발로 땅을 딛고 일어섰다.

 태무랑을 보고 있는 신풍개는 그가 인간이라고 여겨지지 않았다.

 그래서 어쩌면 그가 강시(殭屍)가 된 것인지도 모른다는 생각마저 들었다.

 신풍개는 건강하고 상식적인 정신을 갖고 있는 사람이다. 그런데 지금 상황이 오죽 말이 안 되면 그런 터무니없는 생각이 들었겠는가.

 태무랑의 온몸에는 여전히 수십 자루의 검이 빼곡하게 꽂혀 있었다.

 어떤 검들은 머리를 관통했으며, 어떤 것은 목과 가슴, 심장까지도 관통했다.

 그가 일어서자 신풍개는 그의 정면 모습을 볼 수 있었다.

 무수한 검들이 태무랑의 눈과 코, 입을 뚫고 튀어나왔으며, 목이 절반이나 잘려진 상태로 세 자루의 검이 꽂혀 있었고, 가슴과 복부에는 빈틈이 보이지 않을 정도로 빽빽하게 꽂혀 있었다.
 그런 상태이므로 신풍개가 태무랑을 강시라고 생각하는 것도 그다지 무리가 아니었다.
 그런데 그때 더욱 혼비백산할 일이 벌어지기 시작했다.
 태무랑이 자신의 몸에 꽂혀 있는 검들을 하나씩 느릿한 동작으로 뽑아내기 시작한 것이다.
 '으으… 말도 안 된다…….'
 신풍개는 경악을 넘어서 넋이 달아난 상태에서 다리가, 아니, 온몸이 와들와들 떨렸고, 입에서는 침이 질질 흘러나왔으나 본인은 전혀 느끼지 못했다.
 이백여 구의 목불인견 참혹한 시체들 속에 혼자 우뚝 선 채 자신의 몸에 꽂힌 수십 자루의 검을 느릿하게 한 자루씩 뽑아내고 있는 태무랑의 모습을 어떻게 맨 정신으로 볼 수 있겠는가.
 태무랑은 조금도 서둘지 않고 약 반 시진에 걸쳐서 온몸에 꽂혔던 검들을 모두 뽑아냈다.
 그랬다고는 하지만 그의 모습은 인간의 모습이라고는 조금도 여겨지지 않았다.
 두 눈과 코, 입은 물론 얼굴과 온몸이 뚫리고 베인 채 피를 철철 흘리며 서 있는 그의 모습은 더 이상 염마왕이 아니었다. 악마 그 자체였다.
 문득 태무랑이 허리를 굽혀 바닥을 더듬더니 염마도를 집어 들었다. 두 눈을 검에 찔렸으니 보이지 않는 것이 당연한 것이다.

이어서 오른손에 염마도를 움켜쥔 채 쓰러질 듯이 비틀거리면서 계곡 입구 쪽으로 걸어가기 시작했다.

하지만 걸어갈수록 그의 비틀거림은 점점 사라졌으며, 스무 걸음쯤 걸어갔을 때에는 추호도 흔들리지 않고 성큼성큼 똑바로 걸어갔다.

신풍개는 두 발바닥에 뿌리가 내린 것처럼 그 자리에서 꼼짝도 하지 못한 채 멀어지는 태무랑의 뒷모습을 바라보기만 할 뿐이었다.

그즈음 산중에는 어둠이 내리기 시작했는데, 잠시 후에 태무랑의 모습은 완전히 어둠 속에 묻혀 버렸다.

신풍개는 지금까지 자신의 눈앞에서 벌어진 일이 현실이라는 실감이 전혀 들지 않았다.

만약 태무랑이 죽은 채 일어나지 않았더라면, 어떻게든 믿을 수 있었을지도 모른다.

하지만 태무랑이 일어나서 자신의 몸에 꽂힌 수십 자루의 검을 제 손으로 다 뽑고 유유히 사라지는 광경을 봤기 때문에 한바탕 몹쓸 악몽을 꾼 듯한 기분이었다.

한겨울 산중인데도 신풍개는 식은땀을 엄청 흘려서 온몸이 흠뻑 젖었다.

그는 밤이 이슥하도록 산에서 내려올 수가 없었다.

　　　　　*　　　*　　　*

　은지화는 칠보시를 불러서 태무랑에게 위험이 닥쳤다는 사실을 알려주고 난 직후에 갑자기 몰려온 다섯 명의 철검추풍수에게 제압됐었다.
　직후 태무랑이 장원에서 솟구쳐 올라 사라지자 철검추풍대는 한 명도 빠짐없이 전원 그를 추격해 갔다. 물론 은지화를 제압했던 자들도 포함돼 있었다.
　은지화는 마혈이 제압된 상태로 골목 구석에 아무렇게나 쓰러져 있었는데, 낙성검문 번성분타주가 그녀를 찾아내서 혈도를 풀어주었다.
　그녀는 급히 태무랑과 철검추풍대를 찾아보았으나 어디에서도 보이지 않았다.
　이후 그녀는 몇 시진 동안 번성 안팎을 샅샅이 뒤지고 다녔지만 그 역시 아무런 소득이 없었다. 평소에는 눈에 잘 띄던 개방 제자들의 모습도 보이지 않았다.
　결국 번성분타로 돌아온 그녀는 애꿎은 번성분타 수하들만 거리로 내몰아 태무랑을 찾아내라고 닦달했다.
　그렇지만 아무리 기다려도 태무랑에 대한 소식은 종내 아무것도 들려오지 않았다.
　은지화는 아무것도 할 수가 없었다. 서 있지도, 앉아 있지도 못했으며, 밥이 아니라 물 한 모금조차 마시지 못했다.
 번성에서 태무랑이 사라졌다는 것은, 그리고 그가 은지화를 찾아오지 않고 있다는 것은 그에게 어떤 변고가 닥쳤음을 의미하기 때문이다.
 그녀는 그날 밤을 뜬눈으로 지새우고 다음날 새벽에 동이 트기도 전에 부리나케 거리로 달려나갔다.
 그리고 그녀는 한 가지 사실을 깨달았다.
 번성에는 더 이상 태무랑도, 철검추풍대도 없었다.
 정오까지 번성 거리를 이 잡듯이 뒤졌으나 태무랑은 물론이고 단 한 명의 철검추풍수도 보이지 않았다.
 은지화는 뒤늦게 신풍개를 생각해 내고 개방 번성분타를 찾아갔으나 신풍개가 이른 아침에 떠났다는 말만 들었다.
 그리고 개방 제자들은 약속이나 한 듯이 입을 꼭 다물고 아무 말도 하지 않았다.
 신풍개마저 떠났다는 것은 모든 상황이 '종료' 됐음을 의미하는 것이었다.
 그렇지만 은지화는 상황이 어떻게 종료됐는지 실마리조차 알지 못했다.
 번성은 아무 일도 없었다는 듯 다시 원래의 일상으로 돌아가 활기에 넘쳤다.
 그러나 은지화는 결코 일상으로 돌아갈 수가 없었다.
 그녀의 가슴에는 커다란 구멍이 뻥 뚫려서 한겨울의 삭풍이 숭숭 지나갔다.

                    *   *   *

 나흘 후 종상.
 커다란 배 한 척이 종상 포구로 들어섰다.
 그리고 그 배에서 한 사내가 내렸다. 한겨울 살을 에는 듯 추운 날씨인데도 홑옷 흑의경장만을 입은 훤칠한 키에 준수한 용모를 지닌 태무랑이었다.
 그는 다른 얼굴로 변신하지도 않고 자신의 얼굴로 당당하게 종상에 들어섰다.
 그의 뒤에는 한 마리의 먹처럼 검은 말이 고삐를 잡지도 않았는데 배와 포구를 잇는 좁은 널빤지 위를 흔들림없이 따르고 있었다.
 구준마다.
 번성에서 철검추풍대를 전멸시킨, 아니, 대홍산에서의 그 처절했던 악전고투를 경험하고 나서 그는 여러 가지 면에서 많이 변했다.
 무공 면에서도 큰 발전을 보았으나 성격도 크게 변했는데, 우선 매사에 두려움이 없어졌음을 들 수 있었다.
 그는 원래 싸울 때 두려워하지 않는 편인데, 이제는 일상생활까지도 두려움이 사라졌다.

무극신련이든, 무영검문이든, 그리고 관군이라고 해도 자신을 가로막으면 모조리 죽여 버린다는 생각을 갖게 되었기 때문이다.

그런 생각은 확고한 자신감에서 나오는 것이다. 번성 대홍산에서의 싸움 이후 그는 내적으로 두 가지를 얻게 되었는데, 바로 '냉철함'과 '자신감'이다.

그 둘이 합쳐져서 그를 두려움을 모르는 인간으로 변모시킨 것이다.

그리고 그 밑바탕에는 실로 든든하게 믿는 구석이 있었다.

대홍산 싸움에서 그는 온몸 수백 군데에 검을 찔리고 베였다. 심지어 눈알도 터지고 목은 절반 이상 잘려서 덜렁거리는 참담한 상태였었다.

그런데 그가 계곡을 떠나 걸어가는 도중에 불과 반 다경도 되기 전에 모든 상처들이 깡그리 치료되었던 것이다.

그것으로 그는 또 한 가지 사실을 알게 되었다. 자신은 심장을 비롯하여 몸의 어느 부위를 찔리거나 베어도 죽지 않는다는 사실이다.

단유천과 옥령, 삼장로가 최종 목표로 삼았던 금강불괴지신에는 미치지 못하지만, 지금 상태로도 그는 가히 불사신(不死身)이라고 할 수 있었다.

종상 포구에는 관군 십여 명이 배에 타고 내리는 사람들을 일일이 검문하고 있었다.

하지만 태무랑은 태연히 그들을 향해 성큼성큼 걸어갔다. 여차하면 모조리 죽여 버릴 생각이다.

이미 그의 두 손은 피로 흠뻑 젖어 있는 상태였다. 수백 명을 죽이고 묻힌 피다. 거기에 관군 몇을 더 죽인다고 해서 달라질 일은 없다.

배에서 내리는 사람은 오륙십 명으로 꽤 많은 편인데도, 태무랑 주변에는 아무도 없었다.

사람들이 그의 외모와 분위기에 완전히 압도당해서 주위에 얼씬도 하지 않기 때문이다.

일반 백성들이라고 해도 눈이 있고 느낌이라는 것이 있는데 악마이며 염마왕인 그를 못 알아볼 리가 없었다.

저벅저벅.

배에서 내린 태무랑은 발판을 따라 포구로 건너갔다.

그때 포구의 십여 명의 관군이 태무랑을 발견하고 작은 동요를 일으켰다.

이 지역에서는 적안혈귀가 하도 유명한 현상 수배자라서 한눈에 알아본 것이다.

태무랑은 입가에 흐릿한 미소를 머금었다. 멈추라는 말만 해도 모조리 죽이겠다는 미소, 즉 살소(殺笑)다.

그러나 그가 포구에 올라서 관군들 사이를 걸어가고 있는데도 아무도 그를 잡으려고 하지 않았다.

그는 관군들을 완전히 통과한 다음에 걸음을 멈추고는 뒤돌아보았다.

 그런데 관군들 몇 명이 그를 돌아보며 어정쩡한 표정을 짓고 있는 것을 발견했다.

 그것은 태무랑이 현상 수배자인 것을 알면서도 잡지 못하는 어떤 사정이 있음을 말해주는 표정이었다.

 그는 관군들을 향해서 다시 걸어갔다. 그가 다가오는 것을 발견한 관군들은 씁쓸한 표정을 지었다.

 그것은 결코 두려워하는 표정이 아니다. 그들은 적안혈귀가 얼마나 무서운 존재인지를 아직 모르고 있었다. 그러므로 그들이 태무랑을 두려워하는 것은 아니라는 뜻이었다. 그렇다면 대체 뭐란 말인가.

 태무랑은 그들 중에서 우두머리 십호(十戶)에게 곧장 다가가서 앞에 멈추었다.

 "내가 누군지 아느냐?"

 대뜸 물었다. 더구나 짙은 어둠 같은 목소리다.

 태무랑의 패도적인 기도에 십호는 움찔했으나 기죽지 않고 뚝뚝하게 대꾸했다.

 "알고 있다. 네놈은 흑풍창기병이며 적안혈귀지."

 "그런데 왜 나를 잡지 않는 것이냐?"

 대화가 이상한 방향으로 흐르고 있다. 관군들을 피해야 할 태무랑이 되려 관군들에게 왜 자신을 잡지 않느냐고 따지고 있는 것이다.

십호는 어이없다는 표정을 짓더니 짜증스럽게 내뱉었다.
"너에 대한 수배가 중지됐다. 그것뿐이다. 더 이상 묻지 말고 꺼져라."

태무랑은 그대로 돌아섰다. 십호를 때려죽인다고 해도 그는 더 이상은 아무것도 모를 것이기 때문이다. 위에서 결정한 일을 십호 따위의 졸개가 어찌 알겠는가.

군탈자에다가 서북군중녕위소를 피로 씻은 태무랑의 수배를 갑자기 중지할 리가 없다.

분명히 뭔가 있다. 그런데 그게 무엇인지 모르겠다. 태무랑의 수배령을 중지시킬 정도의 권한이라면 서북군 중위장군(中位將軍) 이상이어야 가능할 터이다.

거리 쪽으로 걸어가던 태무랑은 문득 걸음을 뚝 멈췄다. 뇌리를 스쳐 가는 생각 하나가 있었기 때문이다.

'단유천.'

그놈의 얼굴이 떠오른 것이다.

'그놈 정도라면 내 수배령을 중지시킬 정도의 영향력이 있을 것이다.'

은지화의 말에 의하면 무극신련은 정파무림의 대들보이고, 황궁까지도 움직일 만한 영향력을 지녔다고 했다. 그러므로 서북군 중위장군을 움직여서 태무랑의 수배령을 중지시키는 것쯤은 큰일도 아니었을 것이다.

단유천이 수배령을 중지시킨 데에는 그럴 만한 이유가 있을 것이다.

아마도 관군이나 다른 누가 자신의 일에 끼어드는 것이 싫었을 게다.

태무랑이 알고 있는 단유천이라면, 금강불괴지신 계획의 절반의 성공작인 태무랑에게 다른 자들이 쩝쩍거리는 것을 절대로 용납하지 못할 터이다.

어쨌든 그 덕분에 태무랑은 관군을 피해 다니지 않게 돼서 잘된 일이었다.

휙—

태무랑은 가볍게 구준마 위에 올라탔다.

태무랑은 종상을 이리저리 돌아다녀 보았다. 은지화를 찾기 위해서다.

번성의 장원에서 은지화가 위험을 무릅쓰고 칠보시로 위험을 알려준 이후에 그녀가 그곳을 떠나 이곳 종상으로 왔을 것이라고 생각했다.

그렇지 않고 그녀가 여전히 번성에 남아 있다고 해도 구태여 다시 찾아가고 싶은 마음은 없었다.

그럴 마음이었으면 나흘 전 번성을 떠나기 전에 그녀를 찾아봤을 것이다.

하지만 태무랑은 그러지 않고 대홍산에서 내려와 어느 집에서 옷 한 벌을 훔쳐 입고는 그 길로 객잔에 들어가 밤새 운공조식만 했다.

 그리고 날이 밝자마자 새 옷을 한 벌 사서 입고는, 구준마를 맡겨놓은 객잔에 들렀다가 포구로 가서 종상으로 가는 첫 배에 올라탔던 것이다.

 그가 은지화를 찾지 않은 데에는 나름대로 그럴 만한 이유가 있었다.

 철검추풍대하고 싸워보니까 그녀와 동행을 하는 것이 그녀에게 너무 큰 위험이 될 것 같았다.

 앞으로 얼마나 더 많은 싸움을 하게 될는지 모르는 상황이다. 그리고 철검추풍대보다 더 강한 적들하고도 싸우게 될 터이다. 그래서 될 수 있으면 혼자 행동하는 것이 낫겠다고 생각했다.

 만약 이곳 종상을 찾아보다가 은지화를 만나지 못하면 그냥 떠날 것이다.

 그렇다고 해도 조금 짠한 기분이 들겠지만 홀가분하다는 기분이 더 클 터이다.

第三十二章
무적신병(無敵神兵) 탄생

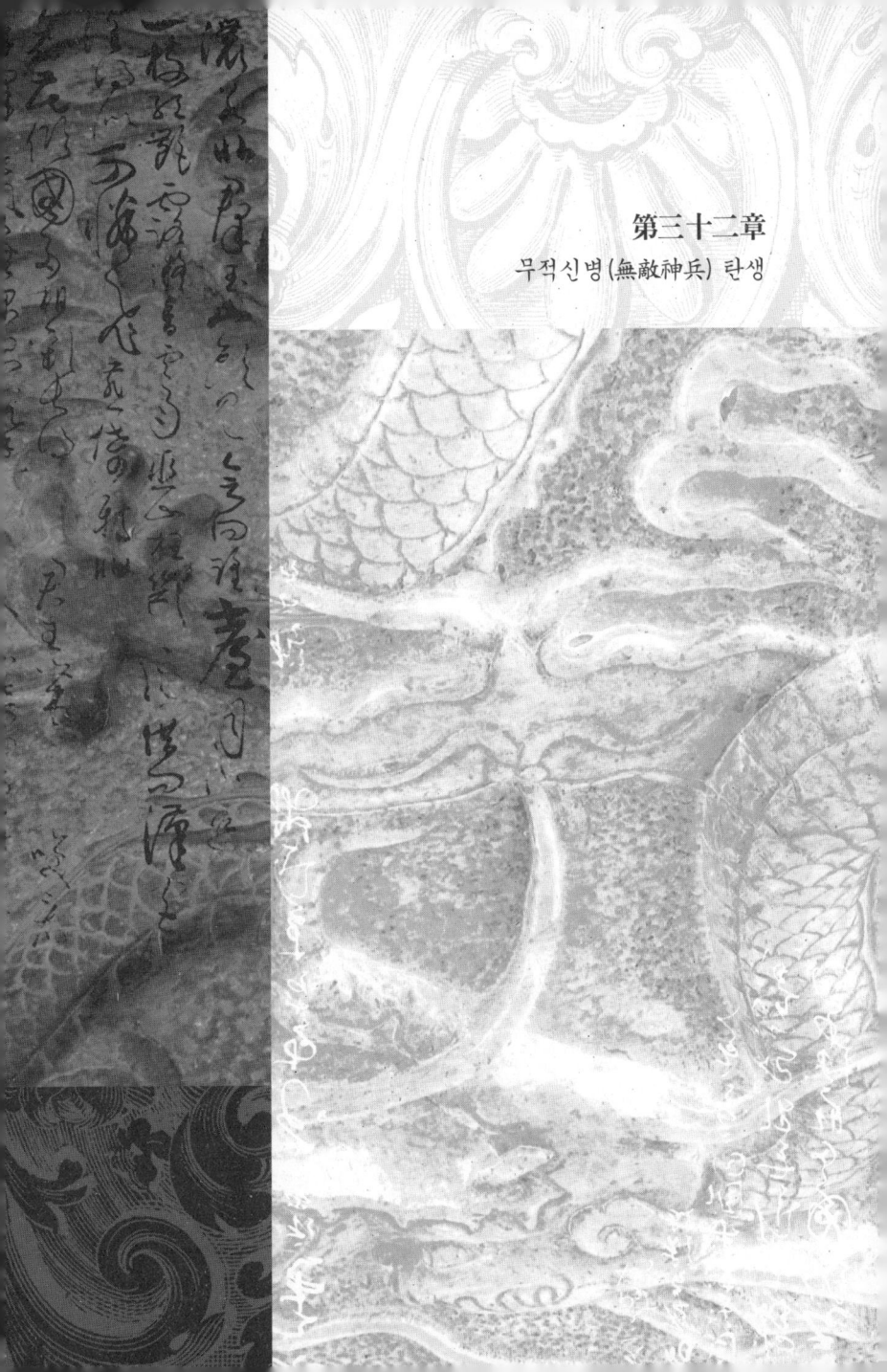

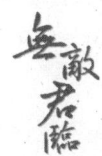

　태무랑은 종상 현 내를 한 시진 정도 돌아다녔지만 은지화를 만나지 못했다. 그는 그것으로 그녀를 만나는 것을 포기해 버렸다.
　그리고 다음 할 일을 위해서 미련없이 종상에서 가장 큰 병기창으로 찾아갔다.

　"이것을 다룰 수 있겠나?"
　태무랑은 병기창 주인에게 하나의 물건을 내밀었다.
　병기창 주인은 태무랑의 손바닥에 놓여 있는 손바닥만 한 크기의 납작한 금빛 물체를 쳐다보았다.

그는 쇠를 삼십 년 넘게 다루었기 때문에 태무랑의 손바닥에 있는 것이 금덩이가 아니라는 것을 한눈에 알아보았다.

또한 자신이 삼십 년 동안 한 번도 다루어보지 않은 금속이라는 사실도 깨달았다.

"잠시 줘보십시오."

병기창 주인은 태무랑에게서 금빛 금속을 받아서 작업실로 들어갔다.

따땅! 까까깡! 챙! 촤창!

태무랑은 가게 안에 우뚝 서 있었는데, 반 시진 후 작업실 안에서 요란한 소리가 일각 정도 줄기차게 들리더니 뚝 그치고 나서 병기창 주인이 땀을 뻘뻘 흘리면서 나왔다.

그는 기진맥진한 모습으로 금빛 금속을 태무랑에게 건네주면서 고개를 설레설레 가로저었다.

"어휴… 무슨 놈의 쇠붙이가 아무리 불을 세게 때도 용해가 잘 되지도 않는데다가 얼마나 강한지 망치란 망치는 다 잡아먹었습니다!"

태무랑이 금빛 금속을 받아서 살펴보니 원래 손바닥만 한 크기였는데 지금은 손바닥 두 개 크기로 조금 더 납작해졌고 여기저기 우둘투둘해졌다.

명장이라고 소문난 병기창 주인이 반 시진 동안 붙잡고 씨름을 했는데도 그 정도가 고작인 모양이었다.

"내 생전에 이렇게 희한한 쇠붙이는 처음 봅니다. 도대체 그게 뭡니까?"

병기창 주인은 콧김을 씨근거렸다.

태무랑은 금빛 금속을 품속에 갈무리하며 중얼거렸다.

"금기철(金氣鐵)이네."

"금기철이라… 역시 처음 들어보는 이름이군요."

"이런 쇠를 다룰 만한 곳이 있겠나?"

병기창 주인은 고개를 절레절레 가로저었다.

"모르긴 해도 아마 없을 겁니다. 어느 병기창엘 가도 화덕이야 다 똑같으니까 말입니다. 어쨌거나 그 쇠붙이를 녹여야지만 어떻게 해볼 것 아니겠습니까?"

"단단한 바위가 어디에 많은가?"

태무랑은 뜬금없이 불쑥 물었다.

"호북에서 가장 강한 돌은 죄다 형산(荊山)에 있습죠. 형산 전체가 천하에서 가장 단단한 벽강암(碧鋼巖)으로 이루어졌으니까 말입죠. 여북하면 형산의 벽강암이 쇠보다 강하다고 하겠습니까?"

사흘 후에 태무랑은 형산에 도착했다.

종상에서 한수를 건너 서북쪽으로 계속 구준마를 달려서 형문(荊門)을 거쳐 원안(遠安)을 지나 다시 북쪽으로 방향을 바꿔서 달려 형산에 도착한 것이다.

병기창 주인의 말대로 형산 전체가 거대한 한 덩이의 바위로 이루어진 듯했다.

 동서의 폭은 삼십여 리에 불과했으나 남북으로 이백오십여 리나 길게 뻗은 형산은 검푸른 색의 벽강암으로 이루어져 바위 틈새에 드문드문 나무와 풀이 보일 뿐 시야에 들어오는 것은 온통 바위뿐이었다.

 형산 정상은 대머리처럼 밋밋하고 평평하며 매우 넓었다.

 태무랑은 그곳 한가운데라고 짐작되는 곳에 책상다리로 앉아 두 팔을 양쪽으로 쭉 뻗고 손바닥을 펼쳐서 위로 향하게 했다.

 그는 똑바로 정면을 주시하고 속으로 중얼거렸다.

 '천지간에 단 하나밖에 없는 무적의 신병(神兵)을 내 손으로 만들겠다.'

 이어서 그는 단전의 오행지기 중에서 금기를 일으켰다.

 잠시 후 그를 중심으로 일 장 이내의 바위에서 뿌연 운무 같은 것이 스미어 나왔다.

 스우우…….

 원래 바위에서 금기를 추출하면 금색인데 이곳 바위는 짙은 검푸른 색의 벽강암이라서 운무는 반짝이는 금빛에 검푸른 기운이 섞여 있었다.

 후우우.

 운무는 점점 더 짙어지면서 구름처럼 태무랑을 향해 빠르게 모여들었다.

그리고 오래지 않아 운무는 그의 손바닥 위에서 벽강암의 응축된 금기가 금속의 형태로 변하기 시작했다.
처음에는 좁쌀처럼 매우 작았으나 아주 조금씩, 느리게 점점 커져 갔다.
그는 대홍산에서 철검추풍대와 혈전을 치르는 동안 무기의 중요함을 뼈저리게 절감했다.
염마도로 싸우기에는 지나치게 무거웠다. 그리고 칼날이 무뎌졌으며 사용하다 보면 이가 빠졌다.
그래도 염마도는 다른 여타 무기들에 비해서 강도(剛度)가 센 편이다.
보통 칼은 십여 차례 강하게 상대 무기와 부딪치면 이가 빠지고 무뎌지지만, 염마도는 백여 차례 이상 부딪쳐야지만 망가지기 시작한다.
하지만 태무랑은 수천, 수만 번을 부딪쳐도 이가 빠지기는커녕 터럭만 한 흠집조차 나지 않는 무기를 원했다.
그리고 지금 지니고 있는 염마도에 비해서 훨씬 더 가벼워야 한다.
그래야지만 앞으로의 싸움에서 덜 다칠 것이다. 아니, 상처를 입으면 곧 치료되니까 다치는 것은 개의치 않는다. 문제는 더 많은 놈들을 지금보다 더 수월하게 죽여야 한다는 사실이다.
그래서 그는 대홍산에서 내려와 어느 야산 바위 근처에서 운공을 하여 손바닥만 한 크기의 금기의 결정체, 즉 금기철을 만들었다.
 그리고 종상에 도착하여 그것을 병기창 주인에게 보여주었던 것이다.
 그가 형산까지 힘들여서 찾아온 이유는, 강한 바위에서 더 강한 금기철이 나오지 않을까 하는 생각에서였다.
 기왕이면 조금이라도 더 강력한 무기를 갖고 싶은 염원 때문이다.

 태무랑은 형산 정상에서 닷새를 보냈다.
 그사이 새해가 이틀이나 지났고, 그는 마침내 이십 세가 되었다.
 그는 여전히 형상 정상에 책상다리를 하고 앉아 있었다.
 닷새 동안 그는 물 한 모금을 마시지 않았으며, 그 자세 그대로 앉은 채 금기철을 모으고 제련(製鍊)하는 일만 했다.
 변한 것이 있다면 두 가지다.
 우선 주변의 경물이 크게 변했다. 원래 그는 형산 정상의 밋밋하고 평평한 벽강암 한가운데에 앉아 있었는데, 지금은 정상에서 삼 장 정도 아래로 푹 꺼진 구덩이 속에 앉아 있었다.
 구덩이의 크기는 지름이 십여 장이나 됐다. 그리고 구덩이 안에는 입자가 고운 가는 모래가 수북했다. 태무랑은 구덩이 한가운데에서 모래를 뒤집어쓴 모습이다.

지난 닷새 동안 금기철을 만드는 과정에서 그가 앉은 곳을 중심으로 사방 십여 장, 깊이 삼 장의 벽강암이 모래로 화한 것이다.

그리고 또 하나 변한 것은, 지금 그의 앞에 새로 탄생한 염마도가 놓여 있다는 사실이다.

염마도는 예전 것에 비해서 많이 달라진 모습이다.

길이는 비슷하지만 폭이 조금 가늘어졌다. 또한 도첨에 한 뼘 길이의 창이 있는데, 그곳에도 양쪽으로 칼날이 있었다.

석 자 반 정도 길이의 칼날은 완만한 반월(半月)의 형상을 하고 있으며, 금색과 검푸른 색이 어우러져서 독특한 색을 만들어냈다.

또한 칼날 양쪽에는 붉고 흰 색이 어우러져서 어떤 독특한 문양이 그려져 있었다.

양쪽이 각기 다른 문양인데, 한쪽은 한 마리 붉은 용이 흰 구름을 뚫고 비천(飛天)하는 모습이다.

그리고 다른 한쪽은 지옥의 염마왕이 양손에 칼과 갈퀴를 움켜쥐고 포효하는 모습이다.

그것은 태무랑이 일부러 그려 넣은 문양이 아니라 염마도를 만들다 보니까 자연스럽게 그리된 것이다.

왜냐하면 염마도를 금기철로만 만들지 않고, 거기에 화기와 수기, 즉 극양지기와 극음지기까지 집어넣은 것이다.

그래서 극양지기의 붉은색과 극음지기의 흰색이 조화를 이루어 그런 문양을 만들어낸 것이다.

천하에서 어느 누구도 다루지 못하는 금기철을 태무랑은 어렵지 않게 다루어서 염마도를 완성시켰다.

아무리 단단한 금기철이라고 해도 태무랑의 손에서는 운무가 되고 액체가 되기도 하므로, 그는 금기철을 흐물흐물한 반 액체 상태로 만들어서 염마도를 완성시켰다.

다만 염마도를 만들 금기철을 모으고 극양지기와 극음지기를 주입시키는 데 닷새라는 시일이 소요되었다.

슥—

태무랑은 새로운 염마도를 두 손으로 받쳐 들고 천천히 들어 올려 자세히 살펴보았다.

잠시 후 그의 입가에 흡족한 미소가 흐릿하게 떠올랐다.

염마도는 겉보기에는 근사한 모습이 아니었다. 오히려 투박한 모습에 칙칙하며 음습한 분위기를 자아냈다.

하지만 태무랑의 마음에는 쏙 들었다. 예전 염마도에서는 느껴보지 못했던 강한 집착과 동질감(同質感)이 느껴졌다.

마치 자신의 분신(分身)인 듯했다.

"후후후… 지금부터 너는 내 형제(兄弟)다."

그는 염마도를 오른손에 쥐고 팔을 앞으로 쭉 뻗으며 득의하게 웃었다.

아직 한 번도 사용해 보지 않았지만, 그는 염마도가 몸의 일부처럼 느껴졌다.
 휙!
 그는 두 발로 바닥을 박차고 구덩이 위로 신형을 솟구쳤다가 구덩이 바깥쪽에 내려섰다.
 휘이잉!
 형산 정상에는 한겨울의 강풍이 매섭게 몰아쳤으나 그는 옷자락을 날리면서 오른손에는 염마도를 움켜쥔 채 태산처럼 꼼짝도 하지 않고 산 아래를 굽어보았다.
 그때 그는 문득 생각했다.
 '이 기회에 아예 나만의 무공을 완성시키자.'
 그는 자신의 무공이 아직 정립되지 않았다고 생각한다.
 또한 상처가 나도 자연히 치료되기는 하지만, 적의 공격이 몸에 닿는 것이 싫었다.
 더구나 지금 그의 능력으로는 단유천이나 옥령을 이길 수가 없다고 생각했다.
 무극신련에서 철검추풍대라는 존재는 겨우 빙산의 일각이라고 했다.
 무극신련은 그토록 엄청난 세력과 힘을 지니고 있었지만, 태무랑은 혈혈단신 혼자다.
 그러므로 무극신련과 싸우려면 철검추풍대만으로도 헐떡거리는 연약한 실력으로는 절대 안 된다.
 지금 이 순간 그는 누이동생 태화연을 찾아야 한다는 사실을 잠시 망각했다.

　후우우.
　형산을 걸어서 내려가는 중에 그는 오행지기를 일으켜서 주위의 오행지기를 빨아들였다.
　강해져야겠다고 결심을 하니까 한시라도 그냥 보내는 시간이 너무 아까웠다.
　걸으면서도 운공조식을 할 수 있으니까 한 움큼이라도 더 오행지기를 흡수해야겠다는 생각이 들었다.
　그는 예전 염마도는 형산 정상의 구덩이 속에 놔두고 새 염마도를 어깨에 메고 있었다.
　스응—
　걸어가면서 염마도를 뽑았다. 그런데 손잡이 도파도 금기철이라서 미끄러웠다.
　뭔가 좋은 방법이 없을까 궁리하던 그는 오행지기를 거두고 목기(木氣)를 일으켰다.
　스우우.
　주위의 나무와 풀, 여러 식물들에서 뿌연 녹색의 운무가 흘러나오며 초목들이 시들어서 먼지로 화했다.
　그것들은 긴 띠를 이루어 태무랑에게로 날아왔다. 그가 염마도 도파를 내밀자 녹색의 가느다란 띠가 스르르 도파를 칭칭 감아버렸다.

금기철로만 이루어졌던 도파가 금세 녹색의 띠로 감겨졌다.

그러나 곧 녹색의 기운이 흩어지더니 청색으로 변했다. 즉, 목기인 청색인 것이다.

염마도 자체는 금기철로 만들었고, 거기에 천지간의 음양, 즉 극양지기와 극음지기를 주입시켰으며, 도파는 목기로 감았다. 말하자면 염마도는 오행지기의 사행지기로 만들어진 셈이다.

그는 염마도를 잡고 이리저리 휘둘러 보았지만 도파를 감은 청색 띠 목기 때문에 손안에 찰싹 붙는 감촉이라 조금도 미끄러지지 않았다.

조금 더 힘을 주어 염마도를 휘둘러 보았다.

우우우.

깊은 골짜기 아래 연못 속에 사는 이무기가 승천하지 못하는 것을 원통하게 여겨서 낮게 흐느끼는 듯한 파공음이 허공에 나직이 울렸다.

이번에는 약간의 공력을 주입해서 조금 더 세차게 염마도를 휘둘렀다.

쿠우우웅웅웅—!

지축과 허공을 동시에 떨어 울리는, 마치 이무기가 마침내 천룡이 되어 승천하면서 울부짖는 듯한 파공음이 흘렀다.

몇 차례 염마도를 휘두르던 그는 아예 몰입이 되어 더욱 신명나게 휘두르며 염마도법 이초식 분광작렬을 전개했다.

화아악―

순간 염마도가 점점 시뻘겋게 변하더니 불덩어리로 변해 움직였다.

그리고 다음 순간 염마도에서 붉은 기운이 폭발하듯이 뿜어져 나왔다.

쿠아아앗!

시뻘건 붉은 기운은 허공을 번갯불처럼 가르면서 쏘아 나가더니 삼 장쯤에서 거센 불기둥으로 변했다.

꽈르르릉!

다음 순간 천번지복의 굉음이 터지면서 하나의 거대한 바위 한복판에 적중됐다.

집채 서너 배만 한 거대한 바위 전체로 불길이 확 퍼지면서 바위 주변에 있던 몇 그루의 나무가 순식간에 재로 화해 스러졌다.

퍼어…….

그뿐 아니라 잠시 후에는 바위마저도 먼지가 되어 그대로 폭삭 내려앉았다.

불기둥, 즉 극양지기가 거대한 바위를 흔적도 없이 태워 버린 것이다.

"우핫핫핫! 대단하다!"

태무랑은 낭랑한 웃음을 터뜨리며 신형을 날려 달리기 시작했다. 그러면서 연신 염마도를 휘둘렀다.

그때 그의 앞에 폭 오 장 정도의 맑은 계류가 나타났다. 겨울이지만 너무 세차게 흘러서 얼지 않았다.

태무랑은 신형을 멈추지 않은 채 계류를 향해 번쩍 염마도를 떨쳤다.

쌔애앵—!

고막을 찢어발길 듯한 날카로운 파공음이 터지면서 염마도에서 희끗희끗한 반투명의 기운이 일직선으로 뿜어졌다.

쩌쩌쩡!

다음 순간 계류가 폭 일 장 정도로 꽁꽁 얼어버렸다.

태무랑은 계류를 밟고 뛰어서 건너며 고개를 젖히고 광소를 터뜨렸다.

"으핫핫핫핫! 멋지다!"

히히힝!

완만한 경사지로 내려오자 구준마가 태무랑에게로 달려와서 얼굴을 비비며 반가워했다.

그는 형산 정상으로 올라가기 전에 마음껏 풀을 뜯어 먹으면서 뛰어다니라고 이곳 경사지의 초원에 구준마를 풀어놓았었다.

"잘 놀았느냐?"

태무랑이 빙그레 미소 지으며 갈기털을 쓰다듬자 구준마

는 말을 알아듣고 낮게 울며 그의 어깨에 얼굴을 비볐다.
 그는 훌쩍 몸을 띄워 구준마의 등에 탄 후 경사지 아래를 향해 달려 내려갔다.
 우두두두—
 바위가 많고 비탈이 심하며 거친 경사지인데도 구준마는 평지인 양 거침없이 달려 내려갔다.
 평지에 도착할 즈음 태무랑은 문득 염마도의 칼날이 아직 무디다는 것을 생각해 냈다.
 칼날을 예리하게 갈지 않으면 몽둥이나 다름없다. 하지만 금기철로 만든 염마도를 갈 만한 여석(礪石:숫돌)이 어디에 있겠는가.
 한참을 고민하던 그는 어느 강가에 이르렀을 때 구준마를 멈추고 백사장으로 내려갔다.
 이어서 백사장에 앉아 토기(土氣)를 일으켜 모래의 토기를 끌어모았다.
 쿠우우우—
 그를 중심으로 사방 오륙 장의 백사장 모래에서 먹처럼 시커먼 흑무가 피어올라 그에게 모여들었다.
 그는 흑무를 반 액체 상태로 화하게 해서 손에 모으면서 뭔가를 만들어갔다.
 그렇게 한 시진쯤 지났을 때 태무랑은 운공을 멈추었다.
 그의 손에는 폭 한 뼘, 길이 세 뼘, 두께 반 뼘 크기의 먹 같은 물체가 놓여 있었다.

그것은 토기의 결정체로서 염마도를 갈 여석이었다. 금기 철로 만들어진 염마도를 예리하게 갈 여석은 같은 오행지기인 토기뿐이라고 생각한 것이다.

슥삭슥삭.

그는 강가에 앉아서 강물로 염마도를 적셔가면서 부지런히 칼날을 갈았다.

다시 한 시진쯤 지났을 때 그는 칼 갈기를 멈추었다.

과연 그의 생각이 옳았다. 토기로 만든 여석에 염마도를 갈자 칼날이 예리하게 잘 벼려졌다.

형산 아래 첫 번째 마을에 도착한 태무랑은 주루에서 식사를 하고 나서 주인에게 물었다.

"형산보다 더 큰 산이 어딘가?"

언제부턴가 그는 사람들에게 하대를 하고 있었다. 그래도 사람들은 조금도 거부감을 느끼지 않는 듯했다. 태무랑에게서 뿜어지는 기도 때문이다.

"그야 당연히 대파산(大巴山)입죠."

"대파산은 어디에 있는가?"

"형산 서쪽에 있습니다."

"서쪽 어디쯤인가?"

"가보시면 압니다."

주루 주인의 말이 맞았다.

태무랑은 마을에서 서쪽으로 십여 리쯤 구준마를 타고 가다가 야트막한 언덕 하나를 넘고 나서 주루 주인이 왜 '가보면 안다'고 말했는지를 깨달았다.

언덕 너머는 광활한 평야였으며, 그 너머에 실로 거대한 산악이 버티고 있었다.

산의 왼쪽 끝과 오른쪽 끝이 보이지 않았다. 그리고 산의 꼭대기도 마찬가지다. 얼마나 높은지 중간쯤에 구름이 휘감겨 있었다.

바로 대파산이었다.

*   *   *

한 달 후.

무림에는 하나의 거대 세력이 출현했다.

그 세력은 곳곳에서 무극신련과 충돌했으며, 크고 작은 싸움을 일으켰다.

그로부터 불과 두 달이 지날 동안 거대 세력은 무극신련과 도합 이백여 회에 달하는 싸움을 벌였다.

싸움은 언제나 팽팽했다. 무극신련이 이길 때도 있었고, 거대 세력이 이길 때도 있었다. 그야말로 용호상박이었다.

신생 거대 세력이 무극신련과 충돌하여 막상막하를 이루다니, 그 자체만으로도 굉장한 사건이 아닐 수 없었다.
 그런데 거대 세력에 대해서는 알려진 것이 전혀 없었다.
 세력의 이름이 무엇이며, 목적이 무엇인지, 왜 무극신련과 충돌하는 것인지, 정파나 사파, 마도 어느 계파인지 등등 모든 것이 장막에 가려져 있었다.
 거대 세력은 신출귀몰했다. 어디에서 나타나서 어디로 사라지는지 아무도 알지 못했다.
 왜 그들이 거대 세력이냐 하면, 천하 도처에서 무극신련과 그 휘하의 사십팔 지파들과 싸움을 벌이고 있었기 때문이다.
 그리고 지금까지 죽은 거대 세력의 고수 수가 천여 명에 이르는데도 그들은 그보다 몇 배나 더 많은 세력으로 여전히 무림 곳곳에서 무극신련과 충돌하고 있었다.

 —신천회(新天會).

 그리고 거대 세력이 출현한 지 석 달째에 접어들 무렵 어디에선가 그런 이름이 흘러나왔다. 그것이 거대 세력의 이름이라는 것이다.
 '새로운 하늘' 이라는 뜻의 이름이다. 그런 이름을 거대 세력이 흘려낸 것인지, 이름 짓기 좋아하는 사람들이 지은 것인지는 알 수가 없다.

그러나 한 가지 분명한 것은, 무림에 또 하나의 태양이 떠오르고 있다는 사실이었다.

                    *   *   *

무극신련 쌍천각.
저벅저벅.
쌍천각 입구로 단유천이 큰 걸음으로 걸어 들어가고 있었다.
그는 평상복이 아닌 근사한 예복을 입은 모습이다.
사부이며 무극신련 총련주인 환우천제 화명군을 만나고 오는 길이다.
그는 옷차림뿐만 아니라 표정도 평소와는 크게 달랐다. 돌덩이처럼 딱딱하게 굳은 표정이다. 언제나 봄바람처럼 훈훈한 미소를 머금고 부드러우면서도 우아하게 행동하던 것과는 크게 달랐다.
단유천 뒤에는 두 명의 고수가 따르고 있었다.
일남일녀인데 남자는 백의를, 여자는 흑의를 입었다.
두 사람은 평소에는 단유천 주위에 모습을 나타내지 않는데 오늘은 그를 지척에서 호위하고 있었다.
천지자웅(天地雌雄)이 두 사람을 칭하는 명호다.
흑의녀가 천자필사(天雌必死)이고, 백의인이 지웅단혼(地雄

斷魂)이다.

 그들 천지자웅은 무극신련 내 십대고수(十代高手)에 꼽힐 정도의 절정고수다.

 천지자웅의 실력이 단유천보다 한 수 위라는 소문이 은밀하게 나돌고 있었지만 확인되지 않은 소문이었다.

 하지만 천지자웅이 옥령보다 훨씬 고강한 것만은 분명한 사실이었다.

 척―

 옥령은 꼿꼿한 자세로 앉아 있다가 방문이 열리자 자신도 모르게 발딱 일어났다.

 그녀는 단유천이 사부의 부름을 받고 갔다는 전갈을 받고 궁금증을 꾹꾹 참으면서 이곳 단유천의 거처인 사층으로 내려와서 그가 돌아오기를 기다리고 있는 중이었다.

 "사형!"

 사부가 단유천이나 옥령을 부르는 경우는 거의 없었다.

 사부에게 무공을 배우던 어린 시절에는 매일 몇 시진씩 사부와 함께 지냈었다.

 하지만 더 이상 배울 것이 없고, 각자의 수련만 남은 이후로는 일 년에 두세 번 명절이나 사부의 생일에 인사를 드리는 것이 고작이었다.

 "아… 옥령."

단유천은 옥령을 발견하고 굳었던 표정을 풀고 애써 미소를 지어 보였다.

하지만 그것은 누가 보더라도 억지 미소라는 것을 한눈에 알 수 있었다.

"무슨 일이에요? 사부님이 왜 사형을 부르셨어요?"

옥령은 급히 단유천에게 가까이 다가가 긴장된 표정으로 물었다.

그러다가 단유천을 뒤따라 들어오는 천지자웅을 발견하고 흠칫 놀랐다.

사부의 네 명의 호위고수 중 두 명인 천지자웅이 모습을 드러냈고, 또 단유천을 따르고 있는 것으로 미루어 뭔가 굉장한 일이 일어나리라 직감한 것이다.

"하하! 사매, 별일 아니야."

단유천은 명랑하게 웃었으나 옥령은 그가 어색한 웃음을 짓는 이유가 더없이 궁금했다.

"사형, 말해봐요. 무슨 일이에요?"

단유천은 지금은 그냥 솔직하게 말하는 것이 낫겠다는 생각을 했다.

"사매, 신천회에 대해서 들어봤어?"

"네. 몇 달 전부터 본 련에 저항하는 신흥 세력이라는 소문을 들었어요."

"사부님께서 내게 신천회를 토벌하라는 명령을 내리셨어."

"아……."

단유천은 미소를 지었다. 이번에는 부드러운 미소를 지으려고 애쓰지 않았다.

그래서 그의 미소는 차돌에 가느다란 선을 그은 것처럼 경직된 차가운 것이었다.

"총단주(總團主)의 지위야. 신천회를 깨끗이 소탕해야지만 돌아오게 될 거야."

"……."

옥령의 얼굴이 하얗게 질리고, 크고 깊으며 맑은 두 눈이 동그랗게 떠졌다.

무극신련 총본련에는 열 개의 단(團)이 있다.

총단주라는 지위는 평상시에는 존재하지 않는 지위다. 그러나 지금 같은 유사시를 대비해서 항상 공석(空席)으로 비워두는 자리다.

그리고 무극신련이 생긴 지난 삼십여 년 동안 총단주는 줄곧 공석이었다가, 이제 최초로 단유천이 총단주의 위에 오른 것이다.

"사형……."

어릴 때부터 단유천하고는 한시도 떨어져 있어본 적이 없는 옥령은 겁이 더럭 난 표정이다.

"사매, 내 대신 해줄 일이 있어."

단유천은 옥령의 손을 잡고 창가로 이끌어 창 앞에 나란히 서서 밖을 내다보았다.
 옥령은 그의 얼굴을 말끄러미 바라보았다. 그녀의 마음속에서는 거센 소용돌이가 일고 있었다.
 단유천은 창밖을 보며 조용히 말했다.
 "사매, 흑풍창기병 기억하지?"
 옥령은 가볍게 움찔했다. 그녀의 사타구니를 걷어차서 순결을 잃게 만든 놈을 어떻게 잊겠는가. 그날 이후 단 한 순간도 그를 잊은 적이 없었다.
 그런데 단유천이 어째서 갑자기 그놈 얘기를 꺼내는 것인지 모를 일이다.
 '설마 내가 그놈에게 순결을 잃었다는 사실을 사형이 알게 된 걸까?'
 옥령은 조마조마했다.
 "그가 살아 있다."
 단유천은 조용히 말하고 나서도 옥령을 쳐다보지 않았다. 지금쯤 그녀가 어떤 표정을 짓고 있을지 짐작할 수 있었기 때문이다.
 그는 옥령에 대해서 모르는 것이 없다. 그러므로 그녀가 흑풍창기병에게 걷어채서 순결을 잃었다는 사실도 물론 알고 있었다.
 "그가… 살아 있다고요?"
 옥령은 자신의 입으로 말하면서도 먼 데서 다른 사람이 말하는 것 같은 느낌을 받았다. 흑풍창기병이 살아 있다는 것은 그 정도로 믿어지지 않는 사실이었다.

"내 대신 흑풍창기병을 잡아다오."

"사형……."

옥령의 머릿속에 어떤 사실이 번쩍 스쳐 갔다. 지난 몇 달 동안 단유천이 뭔가 숨기고 있는 듯한 느낌을 받았었는데 바로 이것이었다.

또한 무극삼대 중에서 철검추풍대가 한 명도 살아남지 못하고 전멸을 당했다는데 그 원인을 지금까지도 옥령은 모르고 있었다. 그러나 방금 어렴풋이 짐작이 갔다.

"설마… 그놈이 철검추풍대를……."

아픈 곳을 건드린 듯 단유천은 움찔했다. 그리고는 착잡한 표정으로 고개를 끄덕였다.

"그래. 표면적으로는 흑풍창기병이 철검추풍대를 전멸시켰다고 알려져 있어. 하지만 그의 짓이 아닐 게야."

"그럼… 누구 짓인가요?"

단유천의 얼굴이 단단해졌다.

"나는 신천회를 의심하고 있어. 신천회가 정식으로 출현한 것은 철검추풍대가 전멸당하고 나서 한 달 후였지만, 신천회가 그전에 흑풍창기병을 도와서 철검추풍대를 전멸했을 것이라는 생각이야."

"어떻게 그런……."

"당금 무림에 철검추풍대를 전멸시킬 이유와 능력을 갖고 있는 세력은 신천회뿐이야."

믿어지지 않지만 그 말에는 옥령도 고개를 끄덕였다.

"그렇군요."

콱!

옥령이 두 손을 뻗어 단유천의 팔을 붙잡았다. 그 팔을 통해서 그녀가 바들바들 거세게 떨고 있는 것이 전해졌다.

단유천은 비로소 몸을 돌려 옥령을 쳐다보았다.

그녀는 얼굴이 새하얗게 변해서 두 눈을 크게 뜨고 입도 반쯤 벌리고 있는데, 커다란 눈에서 방울방울 눈물이 흐르고 있었다.

단유천은 지금으로선 자신의 심중이 너무 버거워서 그녀를 위로할 마음의 여유가 없었다.

"그를 절대 죽이면 안 돼."

"왜요?"

옥령이 곧 울음을 터뜨릴 것 같은 목소리로 물었다.

"흑풍창기병은 이곳에서 죽어서 버려졌어. 그런데 지금은 살아서 무림을 활개 치고 다니고 있어. 그게 무엇을 뜻하는지 알겠지?"

옥령은 아연실색한 표정으로 눈을 깜빡거렸다.

"설마……."

"삼장로가 그를 해부까지 했었다는군. 그런데도 멀쩡하게 살아났다."

"맙소사……."

단유천은 문가에 서 있는 천지자웅을 쳐다보았다.

"천자."

그는 천자필사를 '천자'라고 부른다.

"하명하십시오, 대공."

이십오륙 세 정도의 나이에 파리할 정도로 새하얀 살결을 지녔고, 갸름한 얼굴 윤곽에 가늘면서도 깊고 슬픈 눈을 지닌 여자가 공손히 허리를 굽혔다.

"지금부터 사매를 호위하라."

"명을 받듭니다."

단유천은 옥령의 어깨에 손을 얹고 빙그레 미소 지었다. 지금 미소는 평소처럼 자연스러운 것이었다.

"나는 내일 아침에 떠나."

"사형……."

옥령은 목이 메었다. 그녀에게 단유천은 오라버니고 부모이며 친구고 정인(情人)이다.

그녀의 모든 것이라는 뜻이다. 그런 그가 내일 아침 그녀 곁을 아주 오랫동안 떠난다고 말했다.

옥령은 입술을 꼭 깨물었다. 그녀는 오늘 밤에 자신의 순결을 단유천에게 바치겠다고 결심했다.

아니, 순결이 아니다. 순결은 무완룡이었던 흑풍창기병이 빼앗아갔다. 죽일 놈! 그런 찢어 죽일 놈을 죽이지 말라니, 사형이 미웠다.

어쨌든 옥령은 장도에 오르는 단유천에게 자신의 몸을 바치고자 결심했다.

철이 들면서부터 온 마음으로 믿고 따르던 단유천이다. 이제는 몸을 바칠 때가 되었다고 생각했다.

"사형……."

"사매, 지금부터 할 일이 산더미야. 밤을 꼬박 새워도 부족할 거야. 미안하지만 그만 가봐야겠어."

"……."

단유천은 그녀를 가볍게 품에 안았다가 놓아주었다.

저벅저벅.

단유천은 집무실로 가기 위해서 방을 나갔고, 그 뒤를 지웅단혼이 따랐다.

옥령은 안타까움이 뚝뚝 떨어지는 듯한 표정으로 단유천의 멀어지는 모습을 바라보았다.

그녀 옆에는 한 폭의 그림을 그려놓은 듯한 천자필사가 다소곳이 서 있었다.

第三十三章

수월화(羞月花)

　태무랑이 무공도야(武功陶冶)를 위해서 입산한 지 반년의 세월이 흘러갔다.
　형주(荊州)를 출발한 한 척의 배는 장강의 깊고 푸른 물살을 가르며 하류로 미끄러지듯이 나아갔다.
　장강에서 가장 험난한 구간인 무산삼협(巫山三峽)이 끝나는 지점인 형주부터는 강이 잔잔하면서도 유속이 꽤 빨라서 세 개의 돛을 활짝 펼친 배는 나는 듯 빨랐다.
　이 배는 형주에서 악양까지 구백여 리 먼 뱃길을 가는 정기선(定期船)이다.
　형주에서 악양까지는 날이 좋으면 보름쯤 걸리고 궂은 날이면 이십여 일이 걸린다.

배는 매우 커서 앞뒤에 그럴싸한 전각 모양의 삼 층 선실이 각각 하나씩 있고, 선실 사이에 오 층의 누각 같은 선실이 또 있었다.

뱃삯은 오층 누각이 가장 비싸고, 그다음은 양쪽 선실의 삼 층, 이층, 일층 순서고, 제일 싼 것이 갑판이다. 갑판에서 지내는 사람들은 보름이나 이십여 일 동안 갑판 아무 데서나 거적이나 이불을 깔고 지내는 것이다.

이 배에는 선원과 숙수들만 이십여 명에 달하고, 승객은 삼백여 명이다.

하지만 워낙 드넓은 장강에서 이 정도 규모의 배는 그다지 크지 않은 축에 속한다.

척—

오 층 누각의 맨 아래층 문이 열리고 한 사람이 성큼성큼 걸어나왔다.

칠흑 같은 흑의를 입고 어깨에 염마도를 멘 태무랑이다.

그는 이 배에서 가장 비싼 누각 오층의 크고 화려한 선실에서 묵고 있다.

요금은 은자 이십 냥이다. 형주에서 악양까지 구백여 리를 가는 동안 최상의 요리와 술, 접대를 받는다.

이 배의 승객 삼백여 명 중에서 누각 오층에 선실을 얻은 사람은 태무랑을 포함하여 다섯 명뿐이었다.

　누각에는 서른 개의 방이 있으나 스물다섯 개는 비어 있었다.

　태무랑은 선원의 안내를 받아 갑판 아래 선창 마구간에 있는 구준마가 잘 있는지 확인하고 다시 갑판으로 올라와서 천천히 거닐었다.

　넓은 갑판 여기저기에는 많은 사람들이 삼삼오오 모여서 웅크려 앉아 있거나 누워 있다.

　갑판 바로 윗급인 선실 일층의 요금인 은자 석 냥이 없거나 그 돈을 아끼려고 갑판에서 지내며 한뎃잠을 자는 승객은 이백오십여 명에 달했다.

　갑판은 일인당 구리돈 열 냥이다. 그 정도라고 해도 가난한 가족이 보름 정도 생활할 수 있는 생활비다.

　갑판에 있는 이백오십여 명은 그런 큰돈을 내고 악양으로 가고 있었다.

　싸구려 물건을 파는 장사치들이 대부분이지만 가족들도 더러 눈에 띄었다.

　아마도 그들은 악양으로 가거나, 악양 이전에 들르는 다른 지방으로 이주를 하는 모양이었다.

　태무랑은 난간 가에 서서 출렁이는 강물과 그 너머 한여름의 짙푸름을 뿜어내고 있는 평야와 산을 바라보았다. 풍경만 보노라면 더없이 평화롭고 아름답다.

수월화(羞月花) 209

문득 어머니와 누이동생, 그리고 어린 남동생의 모습이 눈앞에 잡힐 듯이 삼삼하게 떠올랐다.

가족이 사무치게 그리웠다. 갑판에 옹기종기 모여 있는 가족들을 보니까 반사적으로 가족이 떠올랐다.

태무랑이 가족을 그리워하는 것은 어제오늘의 일이 아니다. 가슴속이 거멓게 멍든 것처럼 가족에 대한 절절한 그리움은 그의 일상사였다.

한평생 모진 고생에서 벗어나지 못하고 호강 한 번 해본 적이 없는, 그러면서도 언제나 미소를 잃지 않고 자식들을 위해서라면 어떤 희생도 마다하지 않던 어머니.

어머니의 삶과 별반 다르지 않은 궁핍한 삶을 살면서도 항상 밝고 명랑했으며, 오빠를 천하에서 가장 멋지고 훌륭한 남자라면서 엄지손가락을 치켜세우던 누이동생 태화연.

개구쟁이지만 나무를 해오거나 밭일을 돕는 등 힘든 일을 마다하지 않았으며, 자신의 목표가 형처럼 훌륭한 군사가 되는 것이라고 씩씩하게 말하던 어린 남동생 태도현.

오늘따라 그들이 너무도 보고 싶어서 태무랑은 가슴에서 콸콸 눈물이 흘렀다.

하지만 이제는 죽을 때까지 어머니와 남동생을 볼 수가 없다. 그들은 아들과 형을 기다리다가 굶어 죽은 폐허에서 멀지 않은 언덕배기 땅속에 묻혀 있다.

그리고 겨우 살아남은 누이동생은 지금 어디에 있는지조

차도 모르고 있다.
 태무랑은 슬픔 중에도 자신이 너무나 한심한 오라버니라는 자책감이 들었다.
 '연아…….'
 태화연이 어디에선가 절박한 목소리로 그를 애타게 부르는 듯한 착각이 들었다.

 태무랑이 난간 가에 있기 때문에 선원이 그곳에 탁자와 의자를 갖다 놓고 요리를 차려서 점심 식사를 할 수 있도록 편의를 제공했다.
 오 층 누각의 승객에게는 이 배에서 할 수 있는 모든 것들이 제공된다.
 그들 다섯 명이 낸 요금은 갑판의 승객 이백오십 명의 요금을 합친 것보다도 훨씬 많다.
 난간 가에는 두 개의 탁자가 놓여졌다. 태무랑이 앉아 있는 곳에서 이 장쯤 떨어진 곳에 네 명의 남녀가 또 다른 탁자 둘레에 앉아서 식사를 하고 있었다.
 이남이녀다. 남자들은 이십이삼 세 정도고, 여자들은 십팔구 세 정도의 나이로 보였다.
 이남이녀 모두 경장 차림에 어깨에 도검을 메고 있는 것으로 봐서 무림인인 듯했다.
 또한 옷차림이나 정갈한 말투로 미루어 정파의 이름있는

명문 출신인 듯했다.

그들 이남이녀는 태무랑처럼 누각의 오층에 묵고 있다. 태무랑은 처음 누각 오층에 방을 배정받을 때 그들을 봤고 이번이 두 번째였다.

그들이 각자 네 개의 방을 따로 사용하는 것으로 미루어 연인이나 깊은 관계는 아닌 듯했다.

거기까지가 태무랑이 그들에 대해서 알고 있는 것이다. 그들에게 관심이 있어서가 아니다. 적인지 아닌지 구별하기 위해서다.

결론은 적이 아니다. 그렇다고 물론 친구도 아니다. 그저 태무랑하고는 하등의 관계가 없는 인간들일 뿐이다.

"얘야, 이리 와서 함께 먹지 않을래?"

태무랑이 강을 바라보며 식사를 하고 있을 때 그들 쪽에서 여자의 맑은 목소리가 들렸다.

태무랑은 관심이 있어서가 아니라 그들 방향을 향해 앉았기 때문에 그쪽 상황이 한눈에 보였다.

두 명의 소녀 중에서 붉은색과 노란색이 섞인 상의를 입은 소녀가 약간 떨어진 곳 갑판에 웅크리고 앉아 있는 한 명의 어린 소녀에게 손짓을 해 보이고 있었다.

어린 소녀는 십이삼 세쯤 되어 보였으며, 그녀 옆에는 부친인 듯한 삼십대 후반의 사내가 꼿꼿한 자세로 앉아서 눈을 감고 있었다.

부녀는 몹시 남루한 옷차림에 초췌한 모습이며, 잘 먹지 못했는지 푸석푸석한 얼굴이었다.

그런데 사내는 어깨에 한 자루 검을 메고 있었는데 남루한 모습하고는 어울리지 않았다.

어린 소녀는 무릎을 모아 세우고 두 팔로 안고 있다가 이남이녀 쪽을 바라보았다.

붉은색과 노란색 상의, 즉 홍황의녀(紅黃衣女)의 소녀가 온화한 미소를 지으며 다시 손짓했다.

"괜찮아. 여긴 요리가 많으니까 너와 아버지가 함께 먹어도 남을 거야."

그녀는 눈이 번쩍 뜨일 만큼 매우 아름다운 미모를 지니고 있었다. 옆에 앉은 소녀도 아름답기는 하지만 비교 자체가 무의미했다.

어린 소녀는 헝클어진 머리카락에 때 묻은 얼굴이지만 귀여운 용모였다.

그녀는 자신에게 말을 건넨 홍황의녀를 말끄러미 바라볼 뿐 움직이지 않았다.

홍황의녀가 어린 소녀에게 함께 먹자고 한 것은 다른 뜻이 있는 게 아니다.

그저 어린 소녀와 그녀의 부친이 가까운 곳에 웅크리고 있으며, 홍황의녀의 눈에 띄었기 때문에 스스럼없이 식사를 권한 것이다.

두 명의 청년은 홍황의녀의 자비심에 편승하여 껄껄 웃으며 어린 소녀에게 오라고 손짓했다.

"하하하! 이리 오렴. 우리는 나쁜 사람이 아니니까 두려워하지 않아도 된단다."

"핫핫핫! 지금 너에게 자비를 베풀고 있는 여협이 누군지 아느냐? 그녀는 강남삼미의 한 분으로 수월화(羞月花)라고 한단다. 영광으로 알아라."

홍황의녀 수월화는 방금 자신의 아호를 밝힌 청년에게 쓸데없는 말을 한다는 듯 살짝 흘겨주고는 일어나서 어린 소녀에게 다가갔다.

"자, 나하고 가자."

그러면서 어린 소녀의 손을 잡고 일으켰다.

"그 아이를 내버려 두시오."

그때 어린 소녀 옆의 부친이 눈을 뜨면서 나직한 목소리로 입을 열었다.

수월화는 어린 소녀의 팔을 잡은 채 부친을 쳐다보았다.

부친은 수월화를 쳐다보지 않은 채 정면을 주시하며 조금 더 나직하게 말했다.

"우린 거지가 아니오. 모욕하지 마시오."

수월화는 방그레 미소 지었다.

"절대 모욕하려는 뜻은 없어요. 다만 이 아이가 마음에 들어서 함께 식사를 하려는 거예요. 당신도 우리와 함께 식사를 하면 좋겠군요."
 그녀는 부친이 자존심 때문에 그러는 것이라고 짐작했다. 그래서 어린 소녀의 팔을 잡은 손에 힘을 주어 일으키면 부친도 못 이기는 척 따라올 것이라 여겼다.
 "자, 가자."
 탁!
 "그만두라고 하지 않았소?"
 순간 부친이 신경질적으로 손을 휘둘러 수월화의 팔을 세차게 쳐내며 외쳤다.
 "저자가 감히!"
 "이놈! 죽고 싶으냐?"
 차창!
 그 광경을 보고 두 명의 청년이 의자를 박차고 일어나 무기를 뽑으면서 부친을 덮쳐 갔다.
 이들 청년은 어떻게 하면 수월화에게 잘 보일 수 있을지 고심하고 있었기 때문에 지금 같은 좋은 기회를 놓칠 리가 없었다.
 "멈춰요!"
 그런데 수월화가 부녀 앞에 서서 두 팔을 벌리며 가로막았다. 그들을 베려면 나를 베라는 몸짓이다.
 그때 어린 소녀의 부친이 천천히 일어나 두 청년을 향해 우뚝 서서 조용히 말했다.

"우리를 내버려 두라는 것뿐인데 대체 우리가 무엇을 잘못했다는 것이오?"

두 청년은 기세등등해서 외쳤다.

"이놈아! 고명하신 수월화 소저께서 자비를 베풀면 황송하게 받들 것이지 웬 망발이냐?"

"너 같은 놈이 감히 수월화 소저의 옥체에 손을 대다니, 죽어 마땅하다!"

짧고 거친 수염을 길렀으며, 광대뼈가 튀어나오고 뺨이 움푹 들어간 강퍅한 인상의 부친은 쓸쓸한 미소를 지었다.

"강남삼미 수월화가 귀하들에겐 대단한 존재일지 모르지만 내겐 아무런 존재도 아니오."

"저, 저놈이!"

두 청년은 발작을 일으키듯 눈을 허옇게 치떴다.

수월화는 아미를 상큼 치뜨고 발을 구르면서 두 청년을 꾸짖었다.

"당신들은 소녀를 얼마나 더 수치스럽게 만들어야 직성이 풀리겠어요!"

"소저……."

"어서 물러나세요!"

두 청년이 무기를 거두고 주춤주춤 물러나자 수월화는 돌아서서 부친에게 정중히 포권을 해 보였다.

"결례를 범했군요. 부디 용서하세요."

부친은 푹 꺼진 암울한 눈으로 수월화를 잠시 응시하더니 그대로 바닥에 책상다리로 앉아 다시 눈을 감아버렸다.

수월화는 착잡한 표정으로 부친을 물끄러미 굽어보았다.

그때 어린 소녀가 봇짐을 풀더니 삶은 옥수수 세 개를 꺼내서 하나를 부친에게 주고는 그다음에 하나를 수월화에게 내밀었다.

식어빠진 옥수수를 내민 어린 소녀의 손은 꾀죄죄했다.

그러나 어린 소녀는 수월화를 올려다보며 배시시 수줍은 미소를 지었다.

수월화는 마주 미소를 지어 보이며 새하얀 섬섬옥수를 내밀어 옥수수를 받아 입으로 가져갔다.

이어서 박속처럼 하얗고 고른 치아를 드러내고는 옥수수를 한입 크게 물었다.

그러자 어린 소녀가 다시 방그레 미소 지으며 손을 뻗어 수월화의 손을 잡고 자신의 옆에 앉으라고 끌어당겼다.

수월화는 망설이지 않고 어린 소녀 옆에 나란히 앉아서 옥수수를 먹었다.

탁자 둘레에 앉은 두 명의 청년은 어이없다는 표정을 지으며 요리에는 젓가락도 대지 않았다.

하지만 수월화에 대해서 잘 알고 있는 또 한 명의 소녀는 엷은 미소를 지으며 수월화와 어린 소녀를 바라보았다.

잠시가 지나자 수월화와 어린 소녀는 마치 오래 알고 지냈던 사이처럼 친근한 대화를 나누고 있었다.
 수월화는 어린 소녀가 준 두 개째의 옥수수를 먹고 있었다.
 어린 소녀와 부친, 그리고 수월화가 나란히 앉아서 옥수수를 먹고 있는 모습은 표면적으로는 전혀 어울리지 않았으나, 조금 더 깊이 들여다보면 언뜻 가족 같다는 생각이 들었다.

 밤이 깊었지만 잠이 오지 않는 수월화는 갑판을 거닐면서 산책을 하고 있었다.
 배는 세 개의 돛 중에서 하나만 펼친 채 유유히 항해를 하고 있는 중이다.
 보통 배들은 밤에는 운항을 하지 않지만 이 배의 선원들은 배를 모는 기술이 탁월했다.
 또한 형주에서 악양까지 뱃길을 앞마당처럼 훤하게 알고 있기 때문에 밤에도 운항을 한다.
 늦은 밤이라서 몇몇 선원을 제외한 모두들 각자의 장소에서 깊이 잠들었다.
 갑판 여기저기에는 선원들이 제공한 기름 먹인 널따란 헝겊을 뒤집어쓰고 승객들이 잠들어 있었다.
 '저게 뭘까?'
 승객들을 피해서 걷던 수월화는 뭔가를 발견하고 걸음을 멈추었다.
 앞쪽 허공에 뭔가 가느다란 선(線)이 왼쪽에서 오른쪽으로 이어져 있었다. 선의 한쪽 끝은 난간 밖 아래로 향했고, 다른 쪽은 선실 위로 향했다.

투명하면서 은은하게 빛나는 선인데, 손가락 정도 굵기라서 거미줄이라고 하기에는 굵었다.

수월화는 호기심을 느끼고 걸음을 옮겨 난간 밖 아래로 향한 선을 굽어보다가 깜짝 놀랐다. 선이 강물에서 나오고 있었기 때문이다.

한참 동안 들여다봤으나 강물 속 어디에서 시작되는 것인지, 그리고 무엇인지 도무지 알 수가 없었다. 다만 선이 이어진 강물 속 깊은 곳이 부윰하게 빛나고 있었다.

그녀는 몹시 궁금한 표정으로 이번에는 고개를 들어 선의 다른 쪽으로 시선을 옮겼다.

선은 누각의 오층 어느 선실 창을 통해서 안으로 이어져 있었다.

'저 방은?'

수월화는 그 선실이 흑의경장을 입고 기이한 무기를 멘 과묵한 청년의 방이라는 사실을 깨달았다.

강물 속에서 뻗어 올라간 투명한 선이 선실 안으로 들어가다니, 수월화는 치솟는 호기심을 누를 길이 없었다.

휘익!

그녀는 갑판을 박차고 신형을 위로 솟구쳐서 사 장여 높이의 누각 오층 창가에 기척없이 내려섰다.

그 순간 그녀는 가볍게 놀랐다. 투명한 선이 어느새 사라져 버린 것이다.

더 놀라운 사실은, 활짝 열린 창 안쪽에 태무랑이 팔짱을 낀 채 우뚝 서서 그녀를 쳐다보고 있다는 것이다.

"악!"

창 아래 두 치쯤 튀어나온 부분에 한쪽 발끝만 살짝 걸치고 있던 그녀는 소스라치게 놀라는 바람에 발이 미끄러져서 몸이 크게 기우뚱했다.

"아!"

그녀는 당황해서 급히 태무랑에게 한쪽 손을 뻗었다. 태무랑이 잡아주지 않으면 그녀는 추락하고 말 것이다.

공력을 일으켜서 솟구치거나 뛰어내리는 경우라면 모르지만, 지금처럼 크게 놀라서 공력이 흩어진 상태에서, 더구나 중심을 잃었다면 보통 사람과 다름이 없다.

수월화가 안타까운 표정으로 손을 내밀었는데도 태무랑은 무표정한 얼굴로 쳐다보기만 했다.

슉!

그리고 수월화는 곧장 아래로 추락했다.

쿵!

"윽!"

그녀는 등을 아래로 한 채 갑판을 울리며 떨어졌다. 등이 쪼개지는 듯한 고통 때문에 신음을 터뜨리고 말았다.

너무 아파서 눈물이 찔끔 나왔다. 그런데 그 눈물 너머로 태무랑이 보였다.
 그는 창가에서 무표정한 얼굴로 그녀를 굽어보다가 창을 닫아버렸다.

 태무랑은 염마도를 머리맡에 풀어놓고 침상에 누웠다.
 강에서 수기(水氣)를 흡수하고 있다가 수월화 때문에 그만두었으나 개의치 않았다.
 그는 손가락을 가볍게 튕겨 지풍을 발출해서 벽에 걸려 있는 유등을 끄고는, 두 손을 머리 뒤로 돌려서 깍지를 끼고 지난 반년 동안을 회상했다.
 대파산 깊은 산속 어느 동굴 속에서 그는 반년 동안 지내면서 미친 듯이 사력을 다해 무공 연마에만 몰두했었다.
 그러면서 몇 가지 무공을 정립했다. 예전 무공도 있고, 새로운 무공도 만들었다.
 하지만 반년 전에 비해서 자신이 얼마나 고강해졌는지는 알지 못한다. 대파산을 나온 이후 누구와 싸워본 적이 없기 때문이다.
 다만 예전에 비해서 강해졌다는 것은 느꼈다. 공력, 특히 오행지기가 많이 축적됐으며, 도법이나 그 밖의 무공들도 꽤 진전이 있었다.
 그러나 여전히 부족하다는 기분을 떨치지 못했다. 어쩐 일

수월화(羞月花) 221

인지 강해지면 강해질수록 무공에 대한 갈증이 더 생겼다.

어째서 마음이 흡족할 만큼 고강해지지 않는 것인지 답답하기만 했다.

이 정도 실력으로 어떻게 단유천과 옥령, 그리고 무극신련을 상대할 것이며, 누이동생을 찾겠다는 것인지 반년 전보다 더 암담하다는 생각이 들었다.

하지만 이제 더 이상 누이동생을 찾는 일이나 단유천, 옥령에게 복수하는 일을 미룰 생각은 추호도 없었다.

수월화는 잠시 바닥에 앉아서 운기를 해보았다. 다행히 뼈가 부러지거나 다른 이상은 없는 듯했다.

그녀는 태무랑이 매몰차게 닫아버린 누각 오층의 창을 올려다보며 원망스러운 듯 예쁘게 입술을 삐죽이고는 몸을 돌려 갑판을 걸어갔다.

그러다가 문득 또 걸음을 멈추었다. 아까 낮에 함께 옥수수를 먹었던 부녀가 기름 먹인 헝겊을 덮은 채 자고 있는 모습을 발견한 것이다.

어린 소녀는 부친의 품에 폭 안겨서 웅크린 채 잠들어 있었다. 부친은 팔로 어린 소녀를 안고 있는 모습이다.

그런데 어린 소녀가 오들오들 떨고 있는 게 수월화의 눈에 들어왔다.

여름이라고는 하지만 강바람은 차갑다. 그런데 갑판의 딱

딱한 바닥에서 얇은 여름옷을 입고 기름 먹인 헝겊 하나만 덮고 자는 것은 추울 수밖에 없었다. 더구나 밤이슬이 몸을 적시면 추위가 배가된다.

그때 어린 소녀의 부친이 눈을 떴다. 그가 무림인이라면 누군가 자신들을 보고 있다는 사실을 모를 리가 없다.

부친은 자신들을 굽어보고 있는 수월화를 예의 강퍅한 모습으로 쏘는 듯이 주시했다.

그때 수월화가 부친에게 전음을 보냈다.

[난아(蘭兒)는 이런 곳을 견디지 못할 거예요. 악양에 도착할 때쯤이면 필경 병에 걸려 있을 거예요.]

그녀는 어린 소녀와 함께 옥수수를 먹으면서 많은 대화를 나누었고, 그녀의 이름이 우란(禹蘭)이라는 것을 알았다.

부친의 쏘는 듯한 강한 눈빛이 문득 흐려졌다. 그는 자신의 품에서 추위에 떨고 있는 우란을 굽어보았다.

[밤에만 소녀가 난아를 데리고 가서 함께 자도록 허락해 주세요.]

부친은 아무 말도 하지 않고 물끄러미 우란을 바라보기만 했다.

수월화는 참을성있게 기다렸다. 지금은 말로써 설득할 때가 아니라 기다려야 할 때라는 것을 알고 있었다.

잠시 후 수월화의 귀에 나직하면서도 굵직한 남자의 전음이 전해졌다.

[부탁하오.]

부친의 전음이다. 슬픔이 묻어 있는 듯하면서도 들으니까 마음이 평온해지는 느낌이다.

*   *   *

장원 곳곳에 피비린내가 진동을 했다.

이곳은 악양에 있는 기화연당이다.

태무랑은 한 시진 전 자시(子時:자정)에 이곳에 잠입해서 정확하게 무사 칠십팔 명을 도륙했다.

이곳의 책임자라는 자를 마지막으로 죽였는데, 그자에게서 몇 가지 정보를 알아냈다.

이곳 기화연당은 무창에 있는 반룡문(蟠龍門)이 비밀리에 운영하는 곳이며, 반룡문은 무극신련 휘하 사십팔지파 중 하나라는 것이다.

대전에는 백여 명의 화뢰들이 모여 있었다. 태무랑은 그녀들에게 일률적으로 은자 백 냥씩을 고루 나눠주었다.

이곳 기화연당 책임자의 거처에는 은자와 금원보가 꽤 많이 있어서, 화뢰들에게 은자 백 냥씩 나눠준 정도는 가마솥에 가득 담긴 죽을 한 숟가락 퍼낸 정도에 불과했다.

예전에 태무랑은 화뢰들을 표국에 맡겨서 각자의 고향으로 보내주었으나 지금은 그럴 만한 시간적인 여유가 없었다.

아니, 마음의 여유가 없다고 하는 편이 맞다.

 은지화라도 있으면 그녀에게 맡기면 좋을 텐데 그럴 수도 없는 상황이다.

 태무랑은 백여 명의 화뢰들 앞에 우뚝 서서 그녀들을 보며 나직하게 말문을 열었다.

 "모두들 고향으로 무사히 돌아가기를 바란다. 그리고 다시는 이런 곳에 오지 마라."

 어린 화뢰들은 전각 밖에 시체들이 즐비한 것을 봤다. 그리고 태무랑이 이 기화연당의 무사들을 모두 죽였다는 사실을 짐작하기에 두려운 표정으로 태무랑을 바라볼 뿐 숨도 크게 쉬지 못했다.

 태무랑은 무표정한 얼굴로 말을 이었다.

 "내 누이동생도 화뢰가 되어 어디론가 끌려갔다. 나는 그 아이를 찾으려고 천하를 헤매고 있다."

 화뢰들의 얼굴에 커다란 놀라움이 떠올랐다.

 "너희들은 너희대로 고생을 하지만, 고향의 가족들은 너희들 걱정으로 피눈물을 흘리고 있을 것이다."

 그러자 여기저기에서 흐느끼는 소리가 흘러나오더니 잠시 후에는 모든 화뢰가 엉엉 큰 소리를 내서 울었다.

 그녀들은 태무랑의 말에 크게 공감했다. 누이동생을 잃고 그녀를 찾아 천하를 헤매는 그의 마음이, 그녀들이 두고 온 고향의 가족들 마음이라고 여긴 것이다.

태무랑은 그녀들을 표국에 일임하여 각자의 고향으로 보내주지 못하는 대신 이런 말로써 그녀들의 마음을 다잡아주려는 것이다.

"이곳에 머물고 있다가 날이 새면 고향으로 가도록 해라."

태무랑이 그 말을 끝으로 몸을 돌리자 누군가 떨리는 목소리로 물었다.

"혹시… 당신은 무적신룡이신가요?"

태무랑은 걸음을 멈추고 뒤돌아섰다.

앞쪽의 한 소녀가 두 손을 가슴에 모으고 눈물을 흘리면서 태무랑을 바라보며 말했다.

"장안과 낙양에서 무적신룡이라는 영웅이 저희 같은 불쌍한 화뢰들을 구해주었다는 소문을 들었어요. 그래서 우리는 매일 무적신룡이 구해주기를 기도했었어요."

소녀는 확신하듯이 태무랑을 바라보았다.

"은공께선… 무적신룡이시죠? 그렇죠?"

태무랑은 묵묵히 고개를 끄덕였다.

그러자 소녀가 그 자리에 무릎을 꿇으며 큰절을 올렸다.

"아아… 하늘이 우리를 버리지 않으셨군요. 구명지은에 감사드립니다, 은공."

그녀를 신호로 모든 화뢰들, 그리고 기화연당에서 선생질을 하던 기녀들마저도 태무랑에게 일제히 큰절을 올렸다.

"대은에 감사드려요!"

태무랑은 물끄러미 그녀들을 굽어보다가 몸을 돌려 대전 입구로 걸어갔다.
 그때 등 뒤에서 조금 전 그 소녀의 울먹이는 목소리가 들려왔다.
 "여동생을 꼭 찾으시길 빌겠어요."
 저벅저벅.
 태무랑은 발걸음 소리를 남기면서 대전을 나섰다.

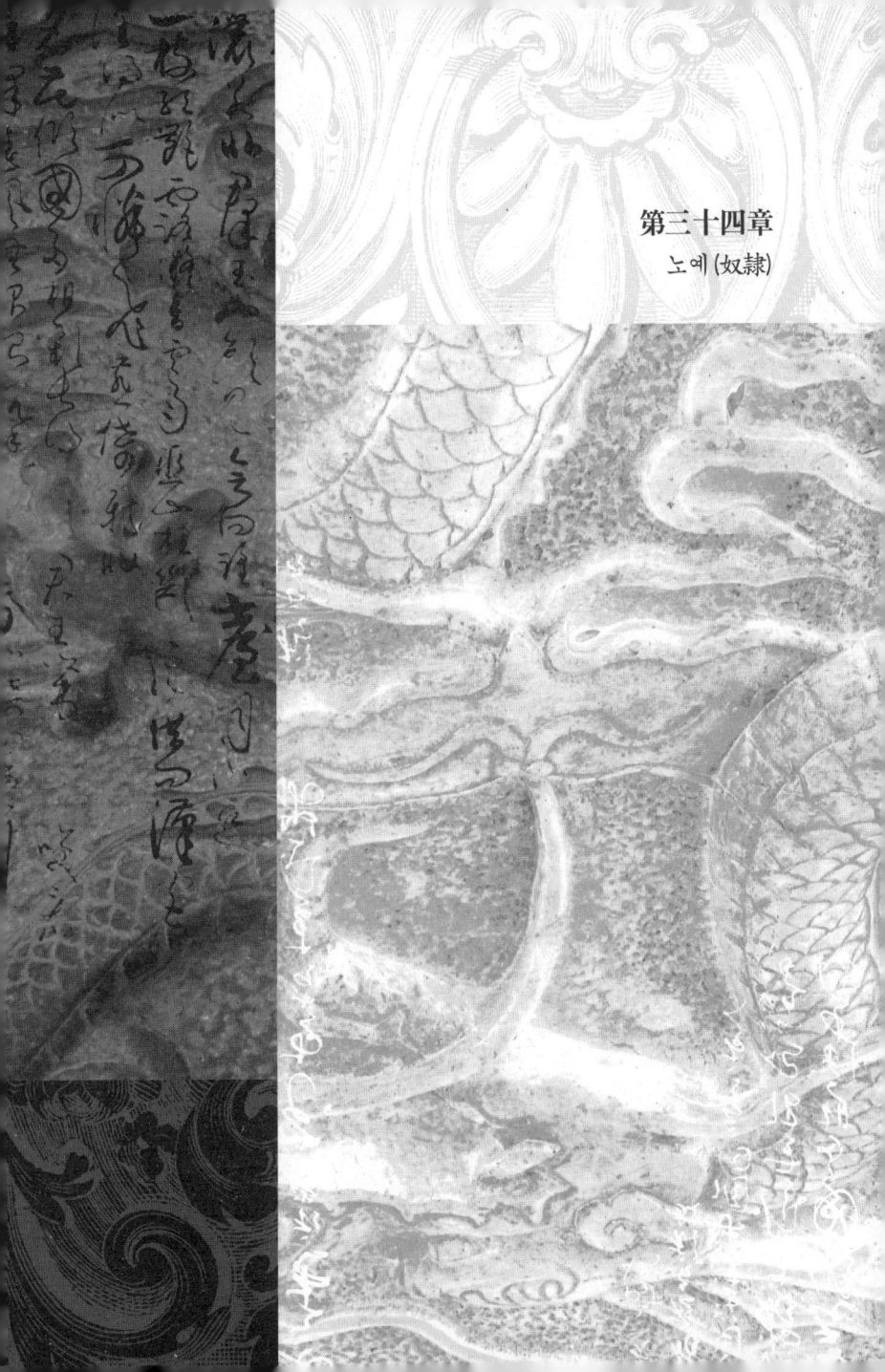

第三十四章
노예(奴隷)

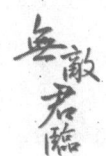

다각다각.

태무랑을 태운 구준마는 악양에서 무창으로 뻗은 관도를 천천히 걸어가고 있었다. 악양에서 동북쪽으로 사백여 리를 가야 무창이 나온다.

태무랑은 악양 기화연당을 나와 지체하지 않고 곧장 무창을 향해 출발했다.

구준마는 한 대의 수레를 끌고 있었다. 기화연당 책임자의 거처에서 발견한 돈이 꽤 많았는데 그냥 두고 나오면 반룡문이 가져갈 것 같아서 들고 나왔다.

그래서 기화연당에서 수레 하나를 찾아내 구준마에게 연

결하여 수레에 돈 궤짝 다섯 개를 실은 것이다.

작은 궤짝에는 금원보가 들었고, 큰 궤짝 네 개에는 은자가 가득 들었다.

하지만 셈에 어두운 태무랑은 그게 얼마나 되는지 짐작조차 하지 못했다. 단지 낙양 기화연당 때보다 더 많은 액수라고만 짐작할 뿐이다.

앞으로도 돈이 생기면 생기는 대로 놔두지 않고 다 긁어모을 생각이다. 돈에 포한이 맺혀서 그러는 것도 있지만, 돈을 많이 모아서 장차 불쌍한 백성들을 도울 계획을 갖고 있기 때문이다.

하지만 지금으로선 어떤 구체적인 계획이 없었다. 한시라도 빨리 가난을 구제하고 싶지만, 그보다는 누이동생을 찾는 일과 복수를 하는 일이 더 급하다.

만약 복수를 다 끝내고서도 살아남는다면, 그때는 이 땅의 가난하고 불쌍한 사람들을 위해서 평생 헌신하고 싶었다. 그래서 자신 같은 사람이 생기지 않게 만들고 싶었다.

그렇지만 그 포부는 태무랑이 마지막까지 살아남아야지만 가능한 일이다.

그렇다고 해서 살아남으려고 발버둥 치고 또 몸을 사리고 싶은 마음은 추호도 없었다.

누이동생을 찾고 나서 단유천과 옥령 등을 죽일 수만 있다면, 목숨 따윈 어떻게 되어도 상관이 없다는 생각이다.

악양에서 무창까지 사백여 리 거리 중에 삼백여 리가 막부산(幕阜山) 북쪽 자락이다. 즉, 산길이다.

그게 아니면 배를 타고 가는 방법밖에 없다. 편하게 가려고 평야로 들어섰다가는 고생길이다.

악양 인근만 평야일 뿐이지 그 외에는 온통 늪지대에 수십 개의 호수가 널려 있어서 열이면 열 가다가 되돌아오기 십상이었다.

다각다각.

악양을 떠난 지 한 시진쯤 지나자 본격적인 산길이 시작되었고, 길이 갈수록 점점 더 험하고 가팔라졌다.

하지만 명색이 관도(官途)인지라 수레 서너 대가 나란히 갈 수 있을 만큼 폭 넓은 길이었다.

구준마는 태무랑을 태운데다 수레까지 끌고, 또 가파른 언덕길인데도 조금도 힘들어하지 않고 꾸준히 잘 갔다.

자정이 훨씬 넘어 관도에는 아무도 오가지 않았다. 태무랑은 이곳까지 오는 동안 한 명도 마주치지 않았다.

그래서 구준마 위에 앉아 오행운공을 하면서 가고 있는 중이었다.

스우우.

한밤중에 허공과 지상에서 오색 무지개가 모여들어 태무랑의 몸으로 흡수되는 광경을 누가 본다면 필경 부처님이나 신선이라고 오해를 할 것이다.

"후우……."

오행운공을 끝낸 태무랑은 긴 한숨을 토해내고는 잠시 요기를 하며 쉬려고 말을 멈추었다. 그는 괜찮은데 구준마를 쉬게 하고 먹이를 먹이기 위해서다.

구준마에게서 수레를 해체한 후 풀어주니 관도 변으로 가서 무성한 풀을 뜯어 먹기 시작했다.

태무랑도 수레에 걸터앉아 봇짐에서 건육과 만두를 꺼내 천천히 먹었다.

휴식을 끝내고 다시 출발하여 일각쯤 갔을 때, 태무랑은 관도 앞쪽에 몇 사람이 있는 것을 감지했다.

숨소리로 미루어 다섯 명이며 호흡이 거칠고 조심성이 없는 것으로 봐서 무림인이 아닌 것이 분명했다.

태무랑이 관도에 버티고 서 있는 다섯 명을 발견한 것은 그로부터 삼백여 장을 더 가서였다.

달리 말하면 그가 삼백 장 밖의 사람의 숨소리를 감지했다는 뜻이다.

다섯 명은 모두 삼, 사십대의 사내들이고 남루한 옷차림이었으며, 수염을 깎지 않고 오랫동안 목욕은커녕 세수도 하지 못한 듯 꾀죄죄한 몰골이었다.

그들은 하나같이 손에 무기를 움켜쥐고 흉흉한 표정과 눈빛으로 태무랑을 쏘아보았다.

그런데 그들의 무기라는 것이 도검이나 창 같은 것이 아니라 손목 굵기의 나뭇가지였다.

그리고 그들은 태무랑을 쏘아보는 것이 아니라 어떤 절실하고도 간절한 눈빛을 하고 있었다.

태무랑은 그런 눈빛을 많이 봤었다. 그것은 절망하고 있는 사람의 눈빛이다.

또한 벼랑 끝까지 몰린, 그래서 더 이상 무서울 것이 없는 처절한 눈빛이기도 하다.

태무랑은 그들이 가난한 농사꾼이었다가 가난에 쫓겨 산적질을 하러 나왔다는 것을 한눈에 간파했다.

관도에, 그것도 이런 새벽에 누가 지나간다고 산적질을 하겠다니 참으로 한심한 자들이다.

아마도 벌건 대낮에는 행인들이 너무 많이 오가서 산적질을 못했을 것이다.

그런데 오죽 재수가 없으면 행인을 한 사람 붙잡았다는 것이 태무랑인 것이다.

다섯 사내는 자신들이 관도를 막은 채 버티고 서 있는데도 태무랑을 태운 말이 태연하게 다가오고 있는 것을 보고 주춤거렸다.

태무랑이 삼 장 앞으로 가까이 다가오자 그제야 그들은 태무랑의 모습을 자세히 볼 수 있었다.

칠흑 같은 흑의경장, 오른쪽 어깨에 삐죽 솟아 나온 염마도의 길쭉한 도파, 저승사자 같은 무표정한 얼굴, 그리고 온몸에서 어둠보다 더 짙게 흘러나오는 죽음의 기운.

다각다각.

더구나 태무랑이 멈출 기색 없이 계속 다가오자 그들의 얼굴이 크게 흔들렸다.

그때 다섯 사내 중에서 복판에 서 있는 기골이 장대하고 거친 수염을 삐죽삐죽 기른 사내가 얼굴이 붉어지더니 목에 힘줄을 세우며 버럭 소리쳤다.

"멈춰라!"

태무랑은 천천히 구준마를 멈추었다.

그와 다섯 사내와의 거리는 일 장 반. 어두워도 표정까지 보이는 가까운 거리다.

가까이에서 본 태무랑의 모습은 더욱 위압적이고 섬뜩해서 다섯 사내는 꿀 먹은 벙어리처럼 아무 말도 하지 못하고 우물쭈물했다.

네 사내는 복판의 사내를 쳐다보았다. 그가 우두머리이거나 사내들 중에서 그나마 용맹한 자인 듯했다.

복판의 큰 체구에 수염투성이 사내는 마른침을 꿀꺽 삼키면서 한동안 태무랑을 쏘아보았다.

태무랑은 조용히 앉아서 그들이 무슨 말을 하기를 기다렸다.

수염투성이 사내는 한숨을 폭 내쉬더니 터뜨리듯이 말을

쏟아냈다.

"목숨이 아까우면 돈을 내놔라!"

태무랑은 묵묵히 그를 쳐다보았다.

수염투성이 사내는 움찔하더니 지지 않겠다는 듯 마주 태무랑을 쏘아보았다.

눈을 부릅뜨고 목에 한껏 핏대를 세우는 모습이 마치 시선을 피하는 순간 아무것도 얻지 못한다는 절박감에 쫓기는 듯했다.

태무랑의 눈빛은 깊고도 어두웠다. 단지 그것뿐이다.

그런데 사내는 세 호흡을 넘기지 못하고 시선을 떨어뜨렸다.

태무랑은 구준마의 옆구리를 가볍게 건드려 다시 천천히 앞으로 나갔다.

네 사내는 황급히 우르르 피하는데 수염투성이 사내는 비키지 않았다.

그러더니 손을 뻗어 구준마의 콧등을 잡으려고 했다.

히히힝!

퍽!

"흑!"

순간 구준마가 머리로 사내의 어깨를 냅다 받아버리자 사내는 이 장이나 붕 날아가서 나뒹굴었다. 구준마를 우습게 본 대가다.

"으으……."

수염투성이 사내는 일어나려고 애썼으나 자꾸 엎어졌다.

태무랑은 건장하고 다부져 보이는 사내가 그 정도로는 다치거나 일어나지 못할 정도는 아니라고 생각했다. 뭔가 다른 이유가 있는 듯했다.

그러다가 퍼뜩 한 가지 사실을 떠올렸다. 그 옛날 태무랑 자신도 숱하게 겪었던 일이다.

이들은 너무 오래 굶은 듯했다. 그래서 힘이 없는 것이다.

그때 네 사내가 비틀거리며 다가가서 수염투성이 사내를 일으켜 주었다.

태무랑은 말을 멈추고 수염투성이 사내를 쳐다보며 처음으로 입을 열었다.

"나는 굶주리는 가족을 먹여 살리기 위해서 열여섯 살에 군사가 됐었다."

너희는 왜 그렇게 못하느냐고 꾸짖는 것이다.

더구나 이들은 사지육신이 멀쩡한 건장한 사내들이다. 무엇을 한들 뼈가 부서져라 일하면 제 한 몸, 아니, 가족인들 먹여 살리지 못하겠는가.

그런데 할 짓이 없어서 산적질을 하다니, 태무랑은 이런 자들에겐 각전 한 닢조차 도와주는 것이 아깝다고 생각한다. 아니, 죽이지 않는 것이 다행이다.

다각다각.

그는 다시 구준마를 몰아 나가기 시작했다.

사내들은 묵묵히 서서 태무랑의 뒷모습을 쳐다보았다. 태무랑의 기세가 워낙 막강해서 그를 어떻게 해보려는 생각은 꿈에도 하지 못했다.

그런데 태무랑이 오 장쯤 갔을 때 갑자기 뒤에서 아기 울음소리가 들렸다.

"으앙~!"

태무랑은 구준마를 멈추고 뒤돌아보았다.

나란히 서 있는 다섯 사내의 뒤쪽에서 아기 울음소리가 계속 들리고 있었다.

사내들 표정은 착잡하기 이를 데 없었다. 그들은 들고 있는 몽둥이용 나뭇가지를 힘껏 움켜잡은 채 눈을 부릅떴다.

태무랑은 그것이 비굴하지 않으려고 애쓰는 모습이라는 것을 알아차렸다.

"으아앙! 앙앙!"

아기는 더욱 맹렬하게 울어댔다. 울음소리가 태무랑의 고막을 후벼 팠다.

그 울음소리는 태무랑의 어린 남동생 태도현이 아기였을 때 배가 고파서 우는 소리와 닮아 있었다.

그때 한 사내가 손을 뒤로 하더니 아기를 안아 들었다. 그는 원래 등에 아기를 업고 있었던 것이다.

태무랑이 쳐다보니 아기는 얼굴이 새파랗게 질려서 작은

노예(奴隸) 239

손을 바들바들 떨면서 눈물도 나오지 않는 울음을 결사적으로 울어댔다. 눈물이 나오지 않는다는 것은 그만큼 많이 울었다는 뜻이다.
 그러나 아기를 안은 사내도, 다른 네 명의 사내도 착잡하게 아기를 바라볼 뿐 아무런 행동도 취하지 않았다.
 울어대는 아기를 위해서 그들이 해줄 수 있는 것이 아무것도 없는 듯했다.
 울다가 지친 아기는 숨을 꺽꺽거리며 흐득거렸다. 이젠 울 기력마저 없는 것 같았다.
 그때 다섯 사내는 지친 몸을 끌듯이 관도 변 산 위로 올라가기 시작했다. 아마 산 위쪽에 가족들이 있는 듯했다.
 "못난 놈들."
 태무랑은 짜증이 나서 내뱉었다. 오죽 못났으면 굶주린 아기조차 업고서 산적질을 하겠는가.
 태무랑은 그들을 도와줄 일고의 가치도 없다는 듯 매몰차게 몸을 돌려 다시 구준마를 몰아 출발했다.
 수염투성이 사내는 산으로 올라가다 멈추고는 태무랑을 쏘아보며 무슨 말인가 할 듯 말 듯하다가 씹어뱉듯이 중얼거렸다.
 "우린 노예요."
 뚝.
 태무랑은 또 구준마를 멈추었다. 그리고는 여간해서는 놀라지 않는 그가 이번에는 적이 놀라는 표정으로 사내들을 돌아보았다.

그는 천하에서 가장 천박한 삶을 살아보았다. 가난의 가장 밑바닥까지, 지옥의 밑바닥까지 두루 경험한 만신창이 경험을 품고 있다.

하지만 그는 그런 자신보다도 더 비참한 신세들이 있다는 사실을 알고 있었다.

바로 노예다.

노예는 대대로 이어진다. 조상이 한 번 노예가 되면 영원히 그 사슬에서 풀려나지 못한다.

집에서 기르는 개나 가축보다 못한 존재가 노예다. 제아무리 뼈가 가루가 되도록 일을 한다고 해도 녹봉 따윈 한 푼도 받지 못한다.

노예는 태어나서 죽을 때까지 절대로 주인을 벗어날 수가 없다.

도망치면 즉각 추노(推奴)들이 추격을 해서 십중팔구 잡히고 만다. 그리고 도망에 대한 징벌은 처형이다.

노예는 운이 좋아야 같은 노예하고 혼인을 하고, 그 사이에서 태어난 아이도 노예가 된다.

태무랑은 이들 다섯 사내가, 아니, 아기까지 여섯 명이 도망친 노예라고 생각했다.

노예. 더구나 도망 중인 노예가 무슨 일을 해서 돈을 벌 수 있겠는가. 더구나 군사가 된다는 것은 더욱 말이 되지 않는 일이다.

그런데 태무랑이 보기에 이들 다섯 사내는 한인처럼 생겼는데 어찌 노예라는 것인지 모를 일이다.

한족(漢族)이 같은 한족을 노예로 삼는 일은 법으로 엄금하고 있다.

태무랑이 지켜보고 있는 가운데 수염투성이 사내와 다른 사내들은 비틀거리며 산으로 올라가고 있었다.

"너희는 누구냐?"

사내들의 모습이 나무에 가려서 보이지 않게 됐을 때 태무랑이 물었다.

나무 너머에서 바스락거리는 소리가 멈추고 잠시 침묵이 흐르더니 수염투성이 사내의 목소리가 들렸다.

"고구려(高句麗) 사람이오."

덜걱덜걱.

구준마가 끄는 수레가 산길을 가고 있었다.

수레에는 네 명의 여인과 여섯 명의 아이가 타고 있었으며, 그 뒤를 다섯 사내가 따르고 있었다.

태무랑은 수레의 앞쪽 기둥을 잡은 채 걸어가고 있었는데, 사실은 구준마가 힘들지 않게 하려고 약간 힘을 줘서 수레를 끌고 있는 것이다.

수레에 탄 네 여인은 뒤따르는 다섯 사내 중 네 사내의 부인들이고, 여섯 아이는 그들의 자식들이다.
 여인들 역시 고구려인이다. 그러므로 물론 아이들도 고구려인이다.
 당나라와 신라의 연합군이 고구려를 멸망시킨 것은 칠백여 년 전이었다.
 그 당시에 수십만 명의 고구려인들이 당나라로 끌려와서 대부분 노예가 되었다.
 그들의 후손이 바로 이들이다. 고구려인들은 장장 칠백여 년간 이 땅의 나라가 여러 차례 바뀌는 동안에도 대륙에서 노예 생활을 해왔던 것이다.
 태무랑은 이들을 구해주고 또 도와줄 가치가 있다고, 아니, 반드시 그래야만 한다고 생각했다.
 역사에 대해서는 잘 모르지만, 인간이 다른 인간을 개돼지처럼 노예로 부리는 짓은 절대로 용서할 수 없는 일이라고 여기기 때문이다.
 아까 태무랑은 다섯 사내에게 가족을 데려오라고 말했고, 그들은 그대로 따랐다.
 선택의 여지가 없기 때문이다. 태무랑이 이들을 관가로 끌고 간다 해도 어쩔 수 없었다. 어딜 간들 지금보다는 나은 상황일 테니까 말이다.
 수레에 타고 있는 여인들과 아이들은 제대로 앉아 있지 못하고 모두 누운 채 늘어져 있었다.
 여인들은 처음에는 앉아 있으려고 애를 쓰는 듯했으나 너무 오래 굶어서 기력이 없는 탓에 잠시 후 하나둘씩 그 자리에 눕고 말았다.
 태무랑은 약간의 돈을 사용할 곳을 찾았다. 그는 이들 고구려 노예들을 위해서 돈을 쓸 계획이었다.

 날이 샐 무렵에 태무랑 일행은 임상(臨湘)이라는 제법 큰 현에 도착했다.
 그는 고구려 노예들을 산속에 놔두고 현에 들어갔다. 그들이 추노를 당하고 있는 중이라서 함께 현에 들어가면 위험할 것이기 때문이다.
 자신들끼리만 남은 고구려 노예들은 숲 속에 옹기종기 모여서 앉거나 누워 있었다.
 수염투성이 사내만 나무에 기대어 서서 현으로 뻗은 관도를 굽어보고 있었다.
 모두들 아무 말도 하지 않았다. 이들의 인솔자쯤 되는 수염투성이 사내가 태무랑을 따르기로 결정했기 때문이다.
 만약 태무랑이 관군을 데리고 돌아온다면 이들은 꼼짝없이 잡혀서 처형당하는 신세가 되고 만다. 그래도 이들은 꼼짝도 하지 않았다.
 수염투성이 사내의 이름은 연풍(淵風)이라고 한다. 그는 사천성의 어느 석산(石山)에서 돌 깨는 일을 했었고, 아내는 주인의 대장원에서 잡일을 했으며, 올해 열세 살인 딸 연지(淵芝)는 주인집 딸의 몸종이었다.

연풍은 한 달에 단 한 번 주인의 장원으로 가서 아내와 딸이 함께 사용하는 누추한 거처에서 가족 상봉을 하는 것을 유일한 낙으로 삼고 살아왔었다.

그런데 그가 탈출을 결심한 이유는, 주인의 큰아들이 딸 연지에게 흑심을 품고 있다는 사실을 알았기 때문이다.

겨우 열세 살인 연지지만 남달리 조숙한데다 미모가 뛰어나서 부인과 두 명의 첩까지 있는 큰아들의 눈에 띄었던 것이다.

아무리 개돼지만도 못한 노예 생활이지만, 소중한 딸이 사내의 노리개가 되는 것만은 견딜 수가 없어서 연풍은 결국 아내와 딸을 데리고 도망을 쳤던 것이다.

다른 네 명의 사내는 연풍과 함께 석산에서 일하던 동료들이었다.

연풍의 뜻을 알고 자신들도 아내와 자식을 데리고 탈출에 동참한 것이다.

탈출하는 과정에 한 여자가 굶주림과 피로에 지쳐서 죽었다.

그래서 한 사내가 아기를 업고 있었던 것이다.

연풍은 아까 태무랑을 가까이에서 봤었다. 특히 태무랑의 눈빛이 시선을 끌었다.
 연풍으로서는 감히 마주 쳐다보지도 못하고 고개를 숙이게 만든 눈빛이었다.
 하지만 그는 그런 눈빛을 잘 알고 있었다. 한이 깊으며 절망과 슬픔을 알고 있는 눈빛이었다.
 그래서 연풍은 태무랑을 믿기로 마음을 굳혔던 것이다.
 반 시진쯤 지났을 때 임상현에 갔던 태무랑이 돌아왔다. 그는 수레에 연풍 일행이 입을 옷가지와 신발, 그리고 먹을 것과 마실 것들을 두루 풍족하게 사 왔다. 그뿐 아니라 어린 아기가 먹을 죽까지도 구해왔다.
 태무랑은 수레의 짐을 가리키며 수염투성이 사내 연풍에게 지시했다.
 "모두에게 새 옷을 입히고 음식을 먹여라."
 두 개의 짐을 풀어본 연풍과 사내들은 크게 놀랐다. 짐 하나에는 새 옷이 수북했으며, 다른 짐에는 먹을 것이 골고루 가득했기 때문이다.
 연풍을 비롯한 다섯 사내는 묵묵히 태무랑을 바라보았다.
 연풍을 제외한 네 사내는 눈물을 글썽였다.
 태무랑은 말없이 고개를 끄덕였다.
 사내들은 먹을 것과 새 옷을 가족들이 있는 곳으로 옮겼다.
 그토록 굶주렸다가 먹을 것을 보면 눈이 뒤집힐 만도 한데, 모두들 태무랑이 시키는 대로 새 옷을 갈아입은 후에 먹을 것들을 풀어놓고 둘러앉았다.
 이어서 조용히 음식을 먹기 시작했다. 그러나 잠시가 지나자 모두들 미친 듯이 허겁지겁 먹어댔다.
 볼이 미어지도록 꾸역꾸역 먹고 있는 그들의 눈에서는 굵은 눈물이 후드득, 후드득, 떨어졌다.

 *　　　*　　　*

 낙양 최고의 명문정파인 낙성검문.
 이 문파를 '낙성유문' 혹은 '낙성검가'라고도 부른다. 문파의 성명검법들이 모두 흐를 유(流) 자가 들어 있기 때문에 낙성유문이라 부르는 것이고, 예전의 이름이 낙성검가였기 때문이다.
 지금 낙성검문이 발칵 뒤집혔다. 무극신련의 삼인자인 천옥선녀 옥령이 느닷없이 방문했기 때문이다.

 대전에는 옥령과 낙성검문 문주 은도겸이 마주 앉아 있다.
 원래 은도겸의 자리는 단상 위의 태사의지만, 옥령 앞에서는 그곳에 앉을 수가 없고, 또 그녀에게 태사의를 양보할 수도 없어서 단하에서 마주 보고 평좌(平坐)를 한 것이다.
 은도겸 뒤에는 사제이며 낙성검문의 장로인 소도천과 하운택이 서 있고, 옥령 뒤에는 천자필사 한 명만 서 있었다.

은도겸은 미소를 지으며 옥령을 바라보면서 온화한 표정으로 물었다.
"옥 소저께서 이런 누추한 곳까지 어인 일이시오?"
그는 옥령이 유람을 하다가 우연히 낙성검문에 들렀을 것이라고 추측했다.
옥령은 담담한 표정으로 은도겸을 바라보았다.
"따님을 불러주시겠어요?"
단도직입적이며 뜻밖의 요구다.
"화아를 말이오? 무엇 때문이오?"
은도겸으로서는 당연한 물음이다. 옥령이 불쑥 찾아와서 은지화를 찾을 만한 이유가 없기 때문이다.
"따님을 불러주세요."
옥령은 이유를 말하지 않고 거듭 요구했다.

은지화는 예전보다 많이 수척해진 모습으로 은도겸 옆에 다소곳이 섰다.
번성에서 태무랑과 헤어졌던 그녀는 그 후로도 종성이나 한수 하류 쪽의 여러 현을 돌아다니면서 태무랑을 찾아보았으나 모두 실패하고서야 힘없이 발길을 돌려 낙성검문으로 돌아왔었다.
그러고도 포기하지 않고 백방으로 태무랑에 대해서 알아보았으나 그마저도 헛수고였다.

단지 무적신룡이 번성과 대홍산에서 무극신련 무극삼대 중의 철검추풍대 삼백 명을 한 명도 남기지 않고 깡그리 죽였다는 소문이 벌집을 쑤셔놓은 듯 오랫동안 무림을 뒤집어놓았었다.

그리고는 끝이었다. 그 이후로 태무랑에 대한 어떤 소문도 들리지 않았다.

마치 그가 대홍산에서 철검추풍대와 싸우다가 죽어버리기라도 한 것처럼.

태무랑이 살아 있다면, 그리고 그가 계획대로 항주까지 가는 길목에 있는 기화연당들을 차례로 폐쇄시켰다면 그 소문이 무림에 퍼졌을 테고 은지화도 들었을 것이다.

그러나 그런 소문은커녕 비슷한 소문조차 없었다. 태무랑은 사라진 것이 분명했다.

은지화는 옥령을 쳐다보았다. 아니, 쳐다보려고 했는데 눈에서 싸늘한 불길이 쏟아졌다.

단유천과 옥령이 태무랑에게 무슨 짓을 했는지 알고 있기 때문에 그녀를 고운 눈으로 쳐다볼 수가 없었다.

은지화는 그래서는 안 된다는 생각도 하지 않았다. 그저 눈앞에 앉아 있는 저 오만한 계집을 찢어 죽이고 싶다는 생각밖에 들지 않았다.

단유천과 옥령, 삼장로, 단금맹우들이 태무랑에게 가했던 짐승 같은 짓과 태무랑이 사라져 버렸다는 절망감이 이 순간 한꺼번에 옥령에게 쏟아진 것이다.

옥령은 은지화가 자신을 죽일 듯이 노려보는 것을 보고 안도의 표정을 지었다.

그렇다는 것은 은지화가 태무랑에게 모든 얘기를 들었다는 뜻이 되기 때문이다. 그렇지 않고서야 은지화가 저토록 분노할 이유가 없었다.

옥령은 적안혈귀에 대한 정보를 수집한 결과 단유천과는 다른 방법으로 태무랑을 찾아내고 잡아들이기로 계획했다.

적안혈귀가 낙양의 기화연당을 폐쇄했을 때 낙성검문의 은지화가 관여했다는 정보를 입수했기 때문이다.

그래서 옥령은 은지화가 암암리에 적안혈귀를 돕고 있으며, 그와 친밀한 관계일 것이라고 짐작했다.

우선 은지화부터 족쳐야겠다고 판단했다. 그래서 낙성검문에 찾아온 것이다.

그런데 은지화가 대전에 들어서자마자 옥령을 죽일 듯이 쏘아보고 있으니 얘기가 쉬워질 것 같았다. 적개심을 잘 이용하는 것이 관건이다.

"지금 적안혈귀는 어디에 있나요?"

옥령은 은지화의 눈빛을 무시하고 차분하게 물었다. 마치 다 알고 있으니까 속일 생각은 하지 말라는 듯 처음부터 넘겨 짚었다.

그녀의 말에 은도겸과 소도천, 하운택은 움찔 놀랐다. 은지화가 태무랑하고 함께 행동했었다는 것은 자신들만 알고 있는 사실이기 때문이다.

설혹 낙양 기화연당의 일을 무림인들이 알고 있다고 해도 그것은 그 당시에만 은지화가 태무랑을 도왔던 것으로 알려져 있을 뿐이다.

은지화는 평소 차분한 성격이지만 옥령을 보는 순간부터 인내심이 한계에 도달해 있었다.

"왜 그를 찾는 거죠?"

그녀의 비수처럼 날카로운 물음에도 옥령은 시종일관 차분했다.

"그럴 일이 있어요. 그는 어디에 있죠?"

은지화는 코가 떨어지도록 냉소를 쳤다.

"흥! 흑풍창기병이었던 그를 납치해서 금강불괴 계획이니 뭐니 말도 되지 않는 일로 짐승처럼 짓밟다가 끝내 죽여놓고서 이제 와서 그를 찾는다는 건가요? 그가 죽었다는 것을 모르나요? 죽었으니까 내다 버렸잖아요?"

은지화는 옥령을 잡아먹을 듯한 표정으로 봇물이 터진 듯 쏟아냈다.

차분함으로 일관하던 옥령이지만 은지화의 말에 가볍게 움찔했다. 너무 낱낱이 알고 있기 때문이다.

은지화는 분노에 차서 계속 쏟아붙였다.

"무극신련이 정파의 대들보라고요? 흥! 총련주의 두 제자가 얼마나 지독한 악마인지 머지않아서 만천하가 알게 될 테니까 두고 봐요! 내가 소문을 내버릴 거예요!"

은도겸과 소도천, 하운택은 지금 은지화가 하는 말을 처음 들었다.

그래서 놀라움을 감추지 못하고 은지화와 옥령을 번갈아 쳐다보았다.

옥령은 은지화의 말을 듣고 그녀가 태무랑과 매우 가까운 사이라는 걸 확신했다.

"천자, 그녀를 데려가겠다."

옥령은 조용히 말하면서 의자에서 일어나 대전 입구 쪽으로 사뿐사뿐 걸어갔다.

그러자 천자필사가 은지화를 향해 천천히 걸어갔다. 아니, 천천히 걷는 듯했는데 어느새 은지화 반 장 앞에 이르러 창백할 정도로 흰 손을 내밀고 있었다.

은지화는 갑자기 벌어진 일에 흠칫 놀라 급히 뒤로 물러나면서 어깨의 검을 뽑으려고 오른손을 뻗었다.

그와 동시에 그녀와 가장 가깝게 있던 소도천이 은지화와 천자필사 사이를 가로막으며 호통을 쳤다.

"물러나시오!"

슈우—

순간 천자필사의 왼손이 번개같이 소도천의 가슴을 향해 뻗어갔다.

"어딜!"

창!

소도천은 상체를 흔들어 피하면서 어깨의 검을 뽑아 그대로 천자필사의 목을 베어갔다.

과연 낙성검문의 이인자다운 놀랍도록 빠르고 위력적인 반격이다.

그러나 천자필사는 소도천의 검을 피하지 않았다. 오히려 오른손을 불쑥 내밀었다. 검에 손바닥이 잘릴 위험천만한 행동이다.

쨍!

푹!

"끄윽!"

다음 순간 놀라운 일이 벌어졌다. 천자필사의 손바닥이 검신을 쳐서 부러뜨리고, 부러진 검의 검첨 쪽이 소도천의 목 한복판에 깊숙이 꽂혔다. 찰나지간에 벌어진 일이다.

소도천은 목에 꽂힌 부러진 검을 움켜잡고 눈을 부릅뜨며 묵직하게 뒷걸음질쳤다.

그 순간 천자필사는 소도천을 지나쳐서 은지화에게 다가가더니 순식간에 그녀의 마혈을 제압했다.

"멈춰라!"

차창!

은도겸과 하운택이 급히 검을 뽑으며 벼락같이 공격했다.

낙양 최고수라고 할 수 있는 은도겸과 그의 칠 할 수준인 하운택의 합공은 가히 전광석화와 같았다.
 그러나 천자필사는 어느새 은지화를 어깨에 걸머메고 대전 밖으로 쏘아 나가고 있었다.
 은도겸과 하운택이 쏜살같이 대전 밖으로 달려나갔을 때에는 천자필사와 옥령, 은지화의 모습이 온데간데없이 사라진 후였다.
 쿵!
 그때 대전 안에서 묵직한 소리가 났다. 그제야 소도천이 쓰러진 것이다.
 은도겸은 천자필사 등을 찾으려고 쏘아가며 재빨리 주위를 살폈고, 하운택은 대전 안으로 달려들어 갔다.
 소도천은 이미 숨이 끊어진 상태였다. 부러진 검이 목 정중앙을 관통했으니 당연한 일이다.
 천자필사. 손을 쓰면 반드시 상대를 죽인다는 별호는 과연 명불허전이었다.

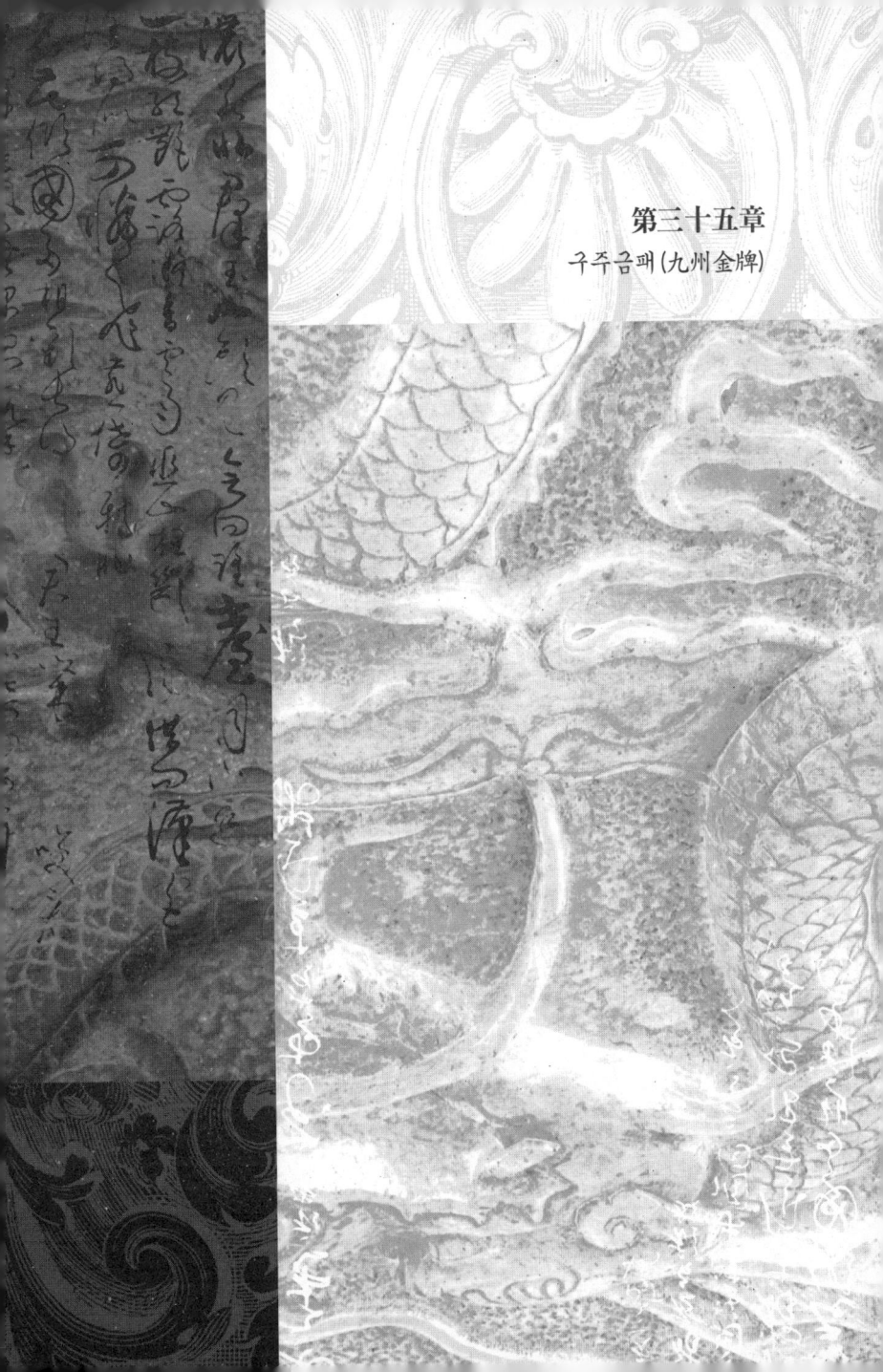

第三十五章
구주금패(九州金牌)

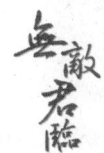

악양을 출발한 지 닷새 만에 태무랑은 무창에 들어섰다.

고구려 노예 열다섯 명과 함께 이동했기 때문에 예정보다 많이 늦어졌다.

태무랑은 임상에서 두 마리 말이 끄는 마차 한 대와 수레 한 대를 사서 마차에는 여자들과 아이들을 태웠다.

수레에는 그들이 사용할 생활용품과 먹을 것, 입을 것, 그 밖의 필요한 물품들을 사서 여러 개의 궤짝에 담아 마치 장사할 물건처럼 보이도록 싣고, 다섯 사내가 수레를 끌고 걸으면서 따르게 했다.

될 수 있으면 그들이 장사꾼처럼 보이게 하려는 의도였다.

무창에 도착한 태무랑은 고구려 노예 연풍 일행을 외곽의 주루에서 쉬게 놔두고 혼자 구준마에 타고 수레를 끌어 어디론가 향했다.

태무랑은 사람들에게 물어 물어서 구주전장 무창지부를 찾아갔다.

구주전장은 낙양에 본장이 있으며, 태무랑은 형구를 시켜서 그곳에 은자 육십만 삼천 냥을 맡기고 전표로 바꾼 적이 있었다.

구주전장은 천하 곳곳에 수십 개의 지부를 두고 있기 때문에 당연히 무창에도 지부가 있었다.

태무랑은 악양 기화연당에서 가져온 다섯 개의 궤짝 중에서 금원보가 담긴 것은 구준마에 싣고, 구주전장 무창지부 일꾼을 시켜서 은자 궤짝 네 개를 전장 안으로 옮겼다.

네 개의 궤짝에는 정확하게 은자 이백이십오만 냥이 들어있었다.

태무랑은 오만 냥을 놔두고 이백이십만 냥을 전표로 바꿔 달라고 했다.

엄청난 거액을 갖고 온 귀빈이라서 무창지부주가 직접 자신의 집무실로 태무랑을 맞아들였는데, 그는 매우 공손하게 물었다.

"저희 구주전장을 처음 이용하십니까?"

태무랑은 고개를 가로저으며 품속에서 두툼한 전표 뭉치를 꺼내 탁자에 내려놓았다.

그것은 구주전장 낙양본장이 발행한 전표로써 은자 사십만 냥이 훨씬 넘는 액수였다.

무창지부주는 전표의 발행 날짜를 살펴보고 나서 태무랑을 잠시 바라보더니 조심스럽게 물었다.

"혹시 낙양본장에서 은자 육십만 삼천 냥을 맡기신 분이 아니십니까?"

"그렇네."

무창지부주는 일어나더니 서가에서 뭔가를 찾다가 서책 한 권을 뽑아서 자리로 돌아와 앉았다.

이어서 책장을 한동안 넘기다가 멈추고 그곳을 읽어보고 나서 말했다.

"그날 낙양본장에 돈을 맡기신 분은 다른 분이시군요. 혹시 심부름을 시키셨습니까?"

무창지부주가 정확하게 짚어내자 태무랑은 그가 읽고 있는 책자가 무엇인지 궁금했다.

"그렇네. 그것을 어떻게 알았나?"

무창지부주는 빙그레 미소 지었다.

"저희 전장은 돈을 맡기신 고객들의 신상 명세를 자세히 기록해서 그것을 필사하여 각 지부에 보내 반드시 숙지하도록 하고 있습니다."

그렇다면 형구의 신상 명세도 자세히 기록됐다는 뜻이다.

"은자를 기준으로 천 냥, 만 냥, 십만 냥, 백만 냥, 천만 냥까지 다섯 단계로 나눠서 기록합니다."

태무랑의 무표정한 얼굴을 본 무창지부주는 그의 마음을 읽었다는 듯 설명했다.

"고객의 신상 명세록은 일체 밖으로 유출하지 않는 것이 본 장의 절대적인 규칙입니다. 설사 황제가 보자고 해도 불태워 버릴지언정 절대 안 됩니다."

"그래서?"

태무랑은 일어나야겠다고 생각하며 툭 내던지듯 물었다.

그런 것을 구구절절 설명하는 이유가 뭐냐는 뜻이다.

무창지부주는 고객의 마음을 편안하게 만드는 특유의 친절한 미소를 지었다.

"구주전패(九州錢牌)를 권해 드리고 싶습니다."

"그게 뭔가?"

무창지부주는 자르듯이 대답했다.

"한마디로 구주전패는 구주전장의 신용입니다."

구주전패에 대한 설명을 듣고 난 태무랑은 구준마에 싣고 있던 금원보 궤짝까지 구주전장 무창지부에 맡겼다.

작은 궤짝이라고 하지만 은자 궤짝보다 작다는 뜻이다. 그 안에는 금원보 사백 개가 들어 있었다.

은자로 치면 사백만 냥이다. 하지만 태무랑은 무창지부에서 금원보 하나가 금전 백 냥이라는 사실을 새로 알게 됐다.

태무랑은 금원보 사백 개와 은자 이백이십만 냥을 구주전장 무창지부에 맡기고 금으로 만든 손바닥 반의반만 한 '구주금패(九州金牌)'를 받았다.

은자 백만 냥 이상 천만 냥 이하의 돈을 맡긴 사람에게 주는 것이 구주금패다. 태무랑이 맡긴 돈은 은자로 쳐서 총 육백육십만 삼천 냥이다. 지니고 있던 은자 사십만 냥짜리 전표까지 맡긴 것이다.

"이 경우에는 맡기신 액수에 매월 일 푼 오 리의 이자가 붙게 됩니다."

태무랑은 무창지부주가 은근히 하는 말을 귓등으로 들으며 그곳을 나왔다.

일각 후, 태무랑은 무창 서북쪽에 있는 평호문(平湖門)을 나섰다.

그의 앞에 웅대한 장강이 왼쪽에서 오른쪽으로 도도하게 흐르고 있었다.

그리고 강 건너에 번화한 한구(漢口)가 아스라이 보였다.

그러나 태무랑의 시선은 한구에서 왼쪽으로 뚝 떨어진 한 곳에 고정되었다.

하나의 거대한 성채(城砦)다. 이곳에 오면서 사람들에게 물어봤을 때 하나같이 저 성채가 황제가 사는 자금성보다 더 크고 화려하다고 입을 모으면서 찾아가는 길을 자세히 가르쳐 주었었다.

정말 그랬다. 사람들이 말했던 것보다 훨씬 더 거대한 성채가 강 건너에 버티고 있었다.

높은 담 때문에 안쪽은 잘 보이지 않았으나, 담의 길이가 왼쪽에서 오른쪽 끝까지 십여 리는 되는 듯했다.

그리고 성채의 오른쪽 끝에는 한수가 북에서 남쪽으로 흘러내려 장강과 합류했다.

그리고 한수 건너편에 한구가 있었다. 그러니까 성채의 오른쪽은 한수가, 남쪽은 장강이 흐르고 있어서 천연의 해자(垓字) 노릇을 해주었다.

태무랑이 있는 곳에서는 보이지 않지만, 사람들 말에 의하면 성채의 북쪽에는 양월호(揚月湖)라는 호수가, 서쪽에는 마가호(馬家湖)라는 호수가 서로 잇닿아 성채를 둘러싸고 있다는 것이다. 두 개의 강과 두 개의 호수에 둘러싸인 요새다.

강둑에 우뚝 멈춰 있는 구준마에 탄 태무랑은 눈도 깜빡이지 않고 성채를 주시했다.

그의 두 눈은 차디차게 가라앉아 깊숙한 곳에서 투명한 붉은 광채가 일렁거렸다.

으드득······.

어금니를 악물자 이 갈리는 소리가 흘러나왔다.

왜냐하면 지금 그가 쏘아보고 있는 성채가 바로 무극신련 총본련이기 때문이다.

그는 저 안 어딘가에 있을 지옥에서 반년 동안 실로 처참한 짐승보다 못한 목숨을 하루하루 이어갔었다.

저 높은 담 안에 갈가리 찢어 죽여서 뼈를 갈아 마셔도 원한이 풀리지 않을 단유천과 옥령, 삼장로가 있다는 생각을 하자 이성을 잃을 정도가 돼버렸다.

두 주먹을 부서지도록 움켜쥔 태무랑의 온몸이 부들부들 마구 떨렸다.

분노 때문이 아니다. 분노를 억누르려고 애쓰기 때문이다.

지금 복수를 하려고 무극신련 총본련에 들어가는 것은 죽으러 가는 것이나 다름이 없다.

무극신련 총본련 같은 어마어마한 적을 상대하려면 힘만으로는 안 된다. 머리를 써야 할 것이다.

그리고 지금 분노를 참아야 하는 또 하나의 이유는, 누이동생 태화연을 찾아야 하기 때문이다.

그녀를 찾은 이후라면 복수를 하다가 죽어도 좋다. 아니, 이왕이면 복수를 하고 나서 죽는 쪽이 더 좋다.

그러나 이 끓어올라서 온몸을 태워 버릴 듯한 원한과 분노를 이대로 참고만 있는 것은 너무 억울했다.

그래서 태무랑은 그 분노를 조금 터뜨리기로 마음먹었다.

그러나 그전에 한 가지 할 일이 있었다.

연풍 일행을 자유로운 몸으로 만들어주는 일이다.

그렇다고 그들이 탈출한 사천성 주인에게 찾아가서 해결할 만한 여유는 없었다.

가장 손쉬운 방법은 연풍 일행 열다섯 명의 호구(戶口:주민증)를 돈을 써서 만들어주는 방법이다.

지난번 낙양에서 흑풍창기병 동료인 형구를 만났을 때에도 관가에 찾아가서 뇌물을 주고 그의 군탈죄를 면죄받은 적이 있었다.

돈이면 안 되는 게 없는 세상이다. 그래서 호구도 돈으로 살 수 있다고 생각한 것이다.

하지만 호구를 관할하는 것은 관가가 아니라 현청이나 성청(城廳)이었다. 무창은 성이니까 무창성청이 관할이다.

태무랑은 구준마를 타고 거리를 돌아다니면서 거지들을 유심히 살피며 허리띠에 매듭이 있고 상의를 여러 조각으로 기워서 입은 거지를 찾아보았으나 눈에 띄지 않았다. 개방 제자를 찾으려는 것이다.

은지화의 말로는 무림에서 개방의 세력이나 정보망이 가장 방대하고 또한 못하는 것이 없다고 했었다.

그래서 태무랑은 연풍 일행의 호구를 사는 일에 개방의 도움을 받으려는 것이었다.

물론 그에 대한 대가는 충분히 치를 생각이다. 그것이 돈이든 뭐든 적당한 선에서 말이다.

개방 제자를 찾지 못한 태무랑은 결국 구준마에서 내려 아무 거지나 붙잡았다.
십오륙 세 정도의 어린 거지인데, 거지치고는 깨끗한 백의를 입고 있었다.
"너, 개방 무창분타가 어딘지 알고 있느냐?"
"왜 그러십니까?"
어린 거지는 눈을 반짝이며 태무랑을 보며 되물었다.
"네가 알 바 아니다."
"그렇다면 알려 드릴 수 없습니다."
어린 거지는 정중하게 포권을 하고 돌아섰다.
태무랑은 그가 포권하는 것을 보고 번뜩 스치는 것이 있었다.
"너, 개방 제자냐?"
"그렇습니다."
어린 거지는 저만치 걸어가며 대답했다.
태무랑은 쫓아가서 어린 거지의 어깨를 잡았다.
"기다려라."
"아……."
태무랑이 살짝 잡았을 뿐인데 어린 거지는 어깨뼈가 으스러지는 고통에 신음을 토해내더니 재빨리 다른 손으로 주먹을 쥐고는 태무랑의 가슴을 후려쳐 왔다.
휘익!

구주금패(九州金牌) 265

탁!

태무랑은 어린 거지의 어깨를 놓고 그가 내지른 주먹을 가볍게 잡았다.

그의 커다란 손에 잡힌 어린 거지의 손은 흡사 아이 손처럼 작았다.

"으으……."

어린 거지는 주먹이 부서지는 듯한 극심한 통증에 땀을 흘리며 신음을 토해냈다.

"무슨 일인가?"

그때 근처에서 나직한 호통성이 터졌다.

한 명의 중년 거지가 이쪽으로 성큼성큼 걸어오면서 험한 표정을 지었다.

세 개의 매듭과 세 조각으로 기운 상의를 입은 것으로 미루어 개방 삼결제자가 분명했다.

"귀하는 누군데 본 방의 제자를 괴롭…… 앗!"

삼결제자는 가까이 다가와 태무랑을 꾸짖다가 그의 얼굴을 보고는 크게 놀랐다.

그는 경악으로 물든 얼굴로 마른침을 꿀꺽 삼키고 나서 극도로 조심스럽게 물었다.

"혹시… 무적신룡이십니까?"

개방 제자들은 태무랑의 전신을 충분히 숙지했기 때문에 그를 보는 순간 단번에 알아본 것이다.

그러나 어린 거지는 매듭이 하나도 없는 백의개(白衣丐), 즉 개방에 입문한 지 몇 달 되지 않은 신참이라서 태무랑을 미처 알아보지 못했다.

태무랑이 묵묵히 고개를 끄덕이자 삼결제자는 더없이 공손한 태도로 말했다.

"실례지만 저희 무창분타로 가주실 수 있으십니까?"

태무랑은 호구를 부탁하려는 목적이기 때문에 그 정도 수고는 감수해야 할 것이라 여기고 고개를 끄덕였다.

무창 동북쪽 무승문(武勝門)을 나서면 장강과 불과 이백여 장 거리에 맞닿아 있는 사호(沙湖)라는 꽤 큰 호수가 위치해 있다.

호수 사면에 은빛으로 빛나는 고운 모래가 깔려 있어서 그런 이름으로 불린다.

장강과 사호 사이에는 폭 이백여 장 정도의 길쭉한 거리가 이어졌으며, 많은 집들이 빼곡하게 늘어서 있는데, 무창분타는 사호 쪽 어느 낡은 창고를 사용하고 있었다.

태무랑은 삼결제자가 급히 마련해 준 커다란 방갓을 깊숙이 눌러쓰고 그를 따라갔다.

삼결제자 표현에 의하면, 무극신련이 태무랑을 찾으려고 혈안이 되어 있는 판국에 무극신련 총본련이 있는 무창에서 태무랑이 진면목을 드러내고 다니는 것은 자살행위나 다름없다는 것이다.
 그러므로 태무랑이 발각되지 않고 무창성 내를 활보한 것은 하늘이 도왔다는 것이다.
 끼익.
 듣기 거북한 소리를 내는 창고 문을 열고 들어가자 꽤 넓은 공간이 나타났다.
 그곳에는 이십여 명의 개방 제자가 여기저기에서 각자의 일을 하고 있었으며, 삼결제자와 태무랑이 들어서는데도 아무도 쳐다보지 않았다.
 공간 한쪽에는 칸막이를 쳐놓은 문도 없는 엉성한 방 하나가 있었는데, 삼결제자는 태무랑을 그곳으로 안내했다.
 칸막이 안으로 들어선 태무랑은 그곳에 있는 두 명 중 한 명을 발견하고 눈빛이 가볍게 흔들렸다.
 그곳에는 개방 소방주 신풍개가 모탕에 앉아서 한 명의 중년 거지의 보고를 듣고 있었다.
 신풍개는 들어서고 있는 삼결제자와 태무랑에게는 신경도 쓰지 않고 중년 거지, 즉 무창분타주의 보고를 듣는 일에 열중하고 있었다.
 태무랑은 반년 전에 번성에서 보았던 신풍개가 이곳에 있을 줄은 예상하지 못했었다.
 개방의 소방주라는 막중한 신분인 그가 무엇 때문에 무창에 있는 것인지 모를 일이다.

"소방주."

삼결제자가 앞으로 나서며 공손히 입을 열었다.

"이놈! 지금 소방주께 보고드리고 있는데……."

"앗!"

무창분타주가 삼결제자를 돌아보며 혼을 내고 있는데, 신풍개가 무심코 돌아보다가 태무랑을 발견하고는 벌떡 일어나며 비명을 터뜨렸다.

신풍개는 우뚝 서 있는 태무랑에게 급히 달려와 만면에 놀랍고도 반가운 표정을 지으며 그의 손을 덥석 잡았다. 마치 오랜 친구와 재회한 듯한 행동이다.

"이, 이게 누구요? 무적신룡 아니오?"

그의 외침에 갑자기 창고 안 전체가 찬물을 끼얹은 듯 조용해졌다.

태무랑은 신풍개의 손을 슬쩍 뿌리쳤다. 부탁을 하러 온 것이기는 하지만 누군가 자신의 손을 잡는 것이 거북했기 때문이다.

그러나 신풍개는 개의치 않고 여전히 놀라움 반 반가움 반의 표정으로 태무랑을 이리저리 살펴보며 입에서 침을 튀겨냈다.

"하하하! 역시 내가 옳았소. 나는 형씨가 살아 있을 것이라고 믿었거든!"

"부탁이 있다."

태무랑은 귀찮은 듯 거두절미하고 불쑥 말했다. 그가 반년 전처럼 오만하게 하대를 하는데도 신풍개는 조금도 개의치 않았다. 그저 그를 다시 만났다는 사실이 중요한 듯했다.

"무엇이오? 말해보시오."

신풍개는 달이라도 따다 줄 것처럼 자신있게 말했다.

태무랑은 연풍 일행 열다섯 명에 대해서 간단하게 설명하고 그들에게 호구를 만들어줄 수 있느냐고 물었다.

신풍개는 무창분타주를 쳐다보았다.

"들었나?"

"알겠습니다. 즉시 호구 열다섯 개를 만들겠습니다."

태무랑은 연풍 일행 열다섯 명 각자의 나이와 생년월일, 이름 따위가 적힌 종이 한 장을 신풍개에게 건넸다.

신풍개에게 종이를 건네받은 무창분타주는 즉시 밖으로 나가 개방 제자에게 뭔가를 지시하고는 다시 돌아왔다.

"한 시진 정도 기다리시면 될 겁니다."

그는 태무랑에게 매우 공손한 태도를 보였다. 그로 미루어 개방은 태무랑을 적대시하지 않는 듯했다.

볼일을 마친 태무랑은 이대로 돌아가고 싶었으나 호구를 손에 넣으려면 한 시진 정도 기다릴 수밖에 없었다.

"이쪽으로 오시오. 뭐하느냐? 여기 차든 술이든 좀 내오지 않고서."

신풍개는 설레발을 피우면서 태무랑을 한쪽으로 안내해

조금 전에 자신이 앉아 있던 의자를 가리켰다.

태무랑이 앉자 자신은 이빨 빠진 탁자의 맞은편에 앉았다.

"대체 어떻게 된 일이오? 그때 번성에서 어디로 사라졌던 것이었소?"

신풍개는 앉자마자 태무랑을 빤히 주시하며 궁금해 죽겠다는 듯 물었다.

태무랑은 그에게 해줄 말이 없다. 그래서 입을 꾹 다물고 묵묵히 앉아 있었다.

"당금 무림이 어떻게 돌아가고 있는지 아시오?"

신풍개는 딱히 태무랑의 대답을 들으려고 물은 것이 아니기 때문에 그가 침묵으로 일관해도 실망하지 않았다.

태무랑은 무림이 어떻게 돌아가는지 따위는 추호도 궁금하지 않았다. 자신의 관심사 밖이기 때문이다.

"크게 두 가지 일이 있소."

신풍개는 매우 진지한 표정을 지었다.

"한 가지는 무극신련과 신천회가 치열한 전쟁을 하고 있다는 것이오."

태무랑으로서는 신천회라는 이름을 처음 들어본다. 어쨌든 자신과는 관계없는 일이다.

신풍개는 태무랑의 표정을 살피며 말을 이었다.

"지금부터 하는 말은 무림에는 전혀 알려지지 않은 내용이오. 본 방이 정보를 수집하고 분석하여 내린 결론이오."

신풍개는 더욱 진지한 표정을 지었다.
태무랑은 그가 어째서 무림에는 전혀 알려지지 않은 비밀스런 내용을 자신에게 말하려는 것인지 궁금했다.
"본 방은 신천회의 최고 우두머리, 즉 총회주(總會主)가 철화빙선이라고 추측하고 있소."
태무랑은 가볍게 눈빛이 흔들렸다. 누이동생 태화연을 낙양 기화연당에서 사 간 인물이 절강매객이고, 그자는 철화빙선의 수하라고 들었다.
신풍개의 말은 이제 조금쯤은 태무랑하고 연관이 있는 내용이 되기 시작했다.
물론 신풍개는 절강매객이 태화연을 사 갔다는 일 따윈 전혀 모르고 있었다.
"그런데 무극신련에서는 형씨가 철화빙선을 거들고 있다고 생각하는 것 같소."
전혀 뜻밖의 얘기가 나왔다.
"내가? 철화빙선을 거들어?"
태무랑은 가볍게 눈살을 찌푸렸다.
"형씨가 무극신련을 적대시하고 기화연당들을 공격하고 있기 때문이오. 본 방은 기화연당들이 무극신련 휘하 사십팔지파 중 몇 개 문파가 운영하는 곳이라는 사실을 알고 있소."
태무랑은 쓴웃음이 났다. 그가 그러는 이유는 전혀 다른 곳에 있는데 철화빙선과 한패라고 생각하다니, 지금으로 봐선 태화연을 사 간 절강매객의 우두머리 철화빙선도 태무랑의 잠정적인 적이라고 할 수 있었다.

어쨌거나 이제는 무극신련과 신천회의 전쟁이 태무랑하고 전혀 무관하지 않게 돼버렸다.

무극신련하고는 철천지원한이 있고, 신천회는 태화연을 사 간 절강매객과 연관이 있다.

신풍개는 날카롭게 태무랑을 주시했다.

"형씨는 신천회하고 관련이 있소?"

태무랑은 무표정하게 중얼거렸다.

"나는 철화빙선이라는 자에게 따질 일이 있다."

신풍개는 고개를 끄덕였다.

"그렇다면 관련이 없다는 뜻으로 알아듣겠소."

태무랑은 대답하지 않았다.

신풍개는 계속 말을 이었다.

"무극신련과 신천회의 전쟁, 아니, 처음에는 신천회가 일방적으로 무극신련을 공격했었는데, 형씨는 신천회가 왜 전쟁을 시작한 것 같소?"

신풍개는 대화에 태무랑을 은근슬쩍 끌어들이기 위해서 지나가는 말처럼 질문을 던졌다.

태무랑이 대답하지 않자 신풍개는 혼자 묻고 혼자 설명했다.

"돈 때문이오."

"돈?"

"그렇소. 돈이오."

태무랑은 전혀 예상하지 않았던 돈이 싸움, 아니, 전쟁의 원인이라는 말에 놀라기보다는 어이가 없었다.

"원래 모든 싸움이나 전쟁의 원인과 결말은 언제나 이득과 직결되어 있소. 그리고 이득이라는 것의 맨 꼭대기에는 항상 돈이 버티고 있는 법이오. 고래(古來)로 이 땅에서 벌어졌던 수많은 싸움의 대부분은 이득, 즉 돈이 원인이고 목적이었던 것은 부인할 수 없는 사실이오."

명백한 사실이다. 정의니 협의, 평화, 자비, 살인, 원한, 복수 등 그 모든 것들의 원인, 그리고 목적에는 이득, 그리고 돈이 결부되어 있다.

태무랑 가족의 비극도 애초에 돈이 넉넉했더라면, 부친도 병에 걸려서 죽지 않았을 것이다.

그리고 가난에 쪼들려서 태무랑이 십육 세 어린 나이에 군사를 자원하지도 않았을 것이다. 그랬다면 지금의 비극, 그리고 원한은 생겨나지 않았다.

"돈인가······."

너무나 당연한 일인데도, 설마 돈이 모든 분쟁과 싸움의 원인이고 목적일 것이라고는 생각하지 못했던 태무랑은 적잖이 충격을 받았다.

"혹자들은 철화빙선이 천하 상권의 절반을 장악하고 있다지만 그것은 틀린 말이오. 사실 철화빙선은 천하 상권의 칠 할 이상을 손안에 틀어쥐고 있소."

 천하 상권의 칠 할. 실로 어마어마하다고밖에는 말할 수 없는 세력이다.

 "그렇기 때문에 황제조차도 철화빙선을 함부로 하지 못하오. 그녀의 비위를 거슬렀다가는 천하는 하루아침에 대혼란에 빠져 버리기 때문이오. 그렇게 되면 대명제국조차도 나라를 지탱하지 못하게 될 것이오."

 "굉장하군."

 태무랑은 자신도 모르게 중얼거렸다.

 그는 낙양 태가장 자신의 거처 지하 석실에 금원보 칠백이십칠 개를 감춰두었고, 구주전장에 육백육십만 냥을 예치해 두었다.

 그것만으로 그는 자신이 굉장한 부자라고 생각했었다. 하지만 철화빙선에 비하면 그야말로 새 발의 피다. 아니, 고래 꼬리의 피 한 방울이다.

 지금까지는 무극신련과 철화빙선의 전쟁에 일말의 관심도 없었던 태무랑이다.

 하지만 철화빙선이 어째서 무극신련에게 전쟁을 걸었는지 짐작할 수 있게 되자 관심이 생겼다.

 또한 무극신련이나 철화빙선 양쪽 다 태무랑하고 전혀 무관한 관계는 아니었다.

"무극신련이 돈벌이를 시작하면서 철화빙선의 영역을 침범한 것이로군."

"바로 맞혔소."

신풍개는 심호흡을 하고 나서 설명했다.

"무극신련이 대대적인 돈벌이를 한다는 것은 여태껏 비밀이었소. 본 방이 알아내기는 했지만, 무림에서는 여전히 모르고 있소. 그러므로 무림에는 신천회가 이유도 없이 무극신련에게 싸움을 거는 것으로 비쳤을 것이오."

신풍개는 얼굴을 찌푸리며 입맛을 다셨다.

"쩝, 무극신련 총본련과 사십팔지파가 총동원되어 돈이 될 만한 사업엔 물불을 가리지 않고 뛰어든다는 사실을 무림 동도들이 안다면 한바탕 난리가 벌어질 것이오. 무극신련은 그 동안 청렴결백을 표방하면서 무림을 이끌었으니까 말이오. 무극신련에게서 청렴결백을 빼버리면 대들보가 흔들릴 것이오."

태무랑은 대화를 하는 중에 신풍개가 예상했던 것보다 더 능력있는 사람이라는 것을 알게 되었다.

아니, 태무랑 자신에게 많은 도움이 될 만한 사람이라는 사실을 알게 되었다는 말이 옳다.

그래서 태화연을 찾는 일이나 복수를 하는 일에 그의 도움을 받을 수 있으면 좋겠다는 생각을 했다.

"형씨, 탁 까놓고 하나 물어보겠소."

신풍개는 태무랑을 똑바로 주시했다.

"형씨 정체가 뭐요?"

신풍개로서는 가장 궁금하게 여기던 것이다. 그가 여태까지 장황하게 말을 늘어놓은 것은 어쩌면 이 질문을 하기 위한 포석이었는지도 모른다.

처음에는 그저 태무랑이 정의감에서 은지화하고 의기투합하여 화뢰들을 구출하고 또 기화연당을 습격하는 것이라고 신풍개는 단순하게 생각했었다.

그런데 느닷없이 철검추풍대가 태무랑을 잡으려고 번성에 나타나서 초긴장 상태를 만들더니, 태무랑 한 명에게 깡그리 몰살당하고 말았다.

그리고 신풍개는 태무랑이 대홍산에서 철검추풍대와 처절하게 싸우는 광경과 죽었다고 여긴 그가 부스스 일어나서 몸에 꽂힌 수십 자루 검을 이쑤시개 뽑듯이 다 뽑아내고는 유유히 사라지는 광경을 똑똑히 목격했었다.

서북군 소속의 일개 흑풍창기병이 어떻게 그런 놀라운 무공 실력과 기절초풍할 신기(神技)를 부릴 수 있는 것인지 너무 궁금해서 지난 반년 동안 밤에 제대로 잠도 자지 못했던 신풍개였다.

"하나 묻겠다."

신풍개의 물음에 태무랑은 물음으로 답했다.

"너는 무극신련을 어떻게 생각하느냐?"

구주금패(九州金牌) 277

"솔직한 대답을 원하시오?"
"그렇다."
신풍개는 잠시 동안 태무랑을 똑바로 뚫어지게 주시하더니 진지한 표정으로 대답했다.
"무림에서 사라져야 할 존재라고 생각하오."
이번에는 태무랑이 잠시 침묵을 지키면서 쏘는 듯이 신풍개를 주시했다.
그는 신풍개에게 조금 호감을 느꼈다. 무림에 나온 이후 은지화 다음으로 호감을 느끼게 된 것이다.
침묵 끝에 태무랑이 조용히 말했다.
"술 한잔하겠느냐?"

무창분타 앞에 태무랑과 신풍개가 서 있었다.
신풍개는 태무랑을 보며 곤란하다는 표정으로 고개를 가로저었다.
"그 얼굴로 돌아다니다간 오늘 내가 형씨에게 술 얻어먹을 일은 없을 것 같소."
그는 문가에 서 있는 개방 제자를 보며 지시했다.
"너, 냉큼 가서 무적신룡의 방갓을 가져와라."
태무랑이 분타주 방에 방갓을 두고 온 것을 말하는 것이다.
"형씨, 불편하더라도… 어엇?"
신풍개는 태무랑을 보며 말하다가 소스라치게 놀라서 후

다닥 뒤로 물러나면서 공격할 자세를 취했다.
 그도 그럴 것이, 신풍개가 잠깐 문 쪽을 돌아보는 사이에 태무랑이 고구려 노예 연풍의 모습으로 변신했기 때문이다.
 "네놈은 누구냐?"
 신풍개는 당장에라도 공격할 듯한 기세로 외치고 나서 재빨리 주위를 두리번거리며 태무랑을 찾았다. 그러나 태무랑은 어디에도 보이지 않았다.
 "무적신룡을 어떻게 한 것이냐?"
 연풍 모습의 태무랑은 묵묵히 서 있을 뿐 대답하지 않았다.
 신풍개는 귀신에 홀린 듯한 표정을 지으며 중얼거렸다.
 "으으… 이게 무슨 조화냐? 잠깐 돌아보는 사이에 무적신룡이 사라지고 웬 두억시니 같은 놈이 나타나다니……."
 찰싹! 찰싹!
 신풍개는 두 손바닥으로 제 뺨을 세차게 두드리고 나서 태무랑을 쏘아보며 눈을 부릅뜨고 호통을 쳤다.
 "똑바로 말해라! 무적신룡을 어떻게 했느냐? 네놈이 만약 그에게 해를 끼쳤다면 개방과 불공대천지수가 될 줄 알아라, 이놈!"
 태무랑은 방갓을 쓰기 귀찮아서 더욱 안전한 연풍 얼굴로 변신을 했다.
 그런데 상황이 이상하게 흘러가는 터라, 잠시 신풍개가 어떻게 하는지 보려고 가만히 입을 다물고 있었다.

그사이 분타 안에 있던 분타주 이하 개방 제자들이 모조리 밖으로 쏟아져 나와 태무랑을 포위했다.

신풍개는 흉흉한 눈빛을 쏟아내며 손가락으로 찌를 듯이 태무랑을 가리켰다.

"이 자식아! 내 말 안 들리느냐? 이게 무슨 사술인지 모르겠다만 당장 무적신룡을 내놔라!"

신풍개는 악을 쓰면서 날뛰었다. 태무랑을 내놓지 않으면 목숨이라도 걸 듯한 모습이다.

태무랑은 가볍게 고개를 끄덕이며 조용히 말했다.

"술이나 마시러 가자."

이어서 몸을 돌려 길 쪽으로 걸어가자 구준마가 그 뒤를 따랐다.

"어라라……?"

신풍개는 쓰러질 듯 기우뚱하다가 급히 옆의 창고 벽을 붙잡고 지탱했다.

그는 저만치 걸어가는 태무랑의 뒷모습을 보며 비 맞은 중처럼 중얼거렸다.

"목소리는 무적신룡이 맞는데… 이게 어떻게 된 거지?"

第三十六章
복수의 서막

 태무랑은 신풍개를 데리고 연풍 등이 기다리고 있는 주루로 돌아왔다.
 연풍 등은 주루의 큰 방 하나를 빌려 모두 그 안에서 태무랑을 기다리고 있었다.
 태무랑은 자신을 기다리는 동안 마음껏 먹고 마시라고 연풍에게 은자 백 냥을 주고 갔었다.
 그런데 연풍 일행은 가장 값싼 계탕면(鷄湯麵)이나 만두 따위를 조금 시켜놓고, 그나마도 다 먹지 않은 채 둥글고 큰 탁자에 빙 둘러앉아서 조용히 태무랑을 기다리고 있었다.
 태무랑이 들어서자 서 있는 연풍과 두 명의 사내를 제외한 모든 사람들이 벌떡 일어나서 환한 표정을 지었다.

신풍개는 많은 사람들이 모여 있는 것을 보고 이들이 태무랑이 말한 고구려 노예들일 것이라고 생각했다.

그런데 그는 연풍을 보는 순간 움찔 놀랐다. 태무랑 얼굴하고 똑같았기 때문이다.

"흐익?"

그러나 신풍개는 태무랑을 보는 순간 혀가 목 안으로 말려 들어가는 소리를 냈다. 태무랑의 얼굴이 어느새 진면목으로 돌아왔기 때문이다.

태무랑이 묵묵히 손을 내밀자 신풍개는 놀라움이 가시지 않은 표정으로 그의 얼굴을 살피면서 보따리를 건네주었다.

태무랑은 보따리를 연풍에게 주었다.

"모두에게 나눠줘라."

연풍과 고구려 노예들은 의아하면서 긴장된 표정으로 보따리를 주시했다. 태무랑이 그것 때문에 외출한 것이라고 생각했기 때문이다.

연풍은 보따리를 탁자에 내려놓고 조심스럽게 풀고 나서 그 자리에서 뻣뻣하게 굳어버렸다.

펼쳐진 보따리에는 손바닥 반의반만 한 크기의 흑갈색 네모난 패들이 수북하게 있었다. 모두 열다섯 개다.

연풍은, 그리고 고구려 노예들은 그 패가 한족이라면 누구나 지니고 있는 흔하디흔한 호구라는 사실을 한눈에 알아보앉다.
 그리고 그것은 고구려 노예라면 누구라도 꿈속에서조차 갖고 싶어하던 바로 그 호구였다.
 연풍과 고구려 노예들은 수북이 쌓여 있는 호구 더미에서 눈을 떼지 못했다.
 아무도 선뜻 손을 뻗어 호구를 만지지 못했다. 다만 모두들 굵은 눈물을 뚝뚝 흘리고, 여인들은 얼굴을 가린 채 어깨를 떨면서 허억! 허억! 숨이 끊어질 듯이 흐느껴 울 뿐이었다.
 지금껏 감정을 드러내지 않았던 연풍마저도 이 순간만큼은 눈물을 글썽이며 어금니를 악물고서 호구를 뚫어지게 쏘아보고 있었다.
 비록 대륙의 곳곳에서 벌레처럼 꿈틀거리면서 고통을 당하고 있는 고구려 노예 전부가 해방된 것은 아니다.
 그러나 이곳에 있는 열다섯 명의 고구려 노예는 최소한 칠백여 년의 길고도 질긴 노예의 사슬을 끊고 마침내 자유를 얻었다. 그들의 눈앞에 자유가 놓여 있었다.
 태무랑과 신풍개는 아무 말도 하지 않고 묵묵히 그들을 지켜보았다.
 슥—
 이윽고 연풍이 최초의 호구 하나를 집어 들었다. 그것이 누구 것인지도 모르고 집은 것이다.
 하지만 그는 곧 호구에 뚜렷하게 적힌 '淵芝'라는 이름을 발견하고는 닭똥 같은 눈물을 후드득 떨어뜨렸다. 그 눈물이 그의 손바닥에 놓여 있는 호구에 떨어졌다.
 연풍은 떨리는 손으로 자신의 눈물이 묻은 호구를 딸 연지에게 내밀었다.
 "지아."
 "흑! 아버지……."
 뛰어난 미모와 몸매를 지닌 열세 살 소녀 연지는 비 오듯이 눈물을 흘리면서 두 손으로 공손히 호구를 받아 자세히 들여다보았다.
 하지만 눈물이 자꾸만 쏟아져서 호구의 글씨가 제대로 보이지 않았다.
 그렇지만 부친이 자신의 이름을 부르고 주었으니 자신의 호구가 틀림없을 것이다.
 "으흐흑……!"
 그녀는 호구를 뺨에 비비면서 울음을 터뜨리고 말았다.
 연풍을 비롯한 열다섯 명 모두, 심지어 젖먹이 아기까지 자신의 호구를 받았다.
 아기를 제외한 열네 명 모두는 조용히 태무랑을 바라보았다. 그들의 얼굴에는 더없는 존경과 감사의 표정이 가득 떠올라 있었다.
 이윽고 연풍이 입을 열었다.
 "조금 전까지 우린 유령이었습니다. 그러나 이제 드디어 사람이 됐습니다."

그는 태무랑을 바라보며 물었다.

"왜 우리에게 이런 자비를 베푸시는 것입니까?"

그것은 이 방의 고구려인들 모두가 궁금하게 여기는 것이었다.

태무랑의 대답은 짧았다.

"나도 노예였었다."

"아……."

더 이상의 말이 필요하지 않았다. 어디에서 노예 생활을 했는지, 어쩌다가 노예가 됐는지, 주인은 누구며, 어떤 행운을 만났기에 지금의 신분이 됐는지 따위는 중요하지가 않다.

같은 노예였다는 것, 그것만이 중요할 뿐이다. 동병상련(同病相憐)의 아픔을 공유하고 있다는 것이다.

연풍은 고구려 노예, 아니, 이제는 평범한 백성이 된 모두를 정렬시켜 자신의 뒤에 서게 했다.

이어서 연풍은 태무랑을 향해 무릎을 꿇으려고 했다.

"절하지 마라."

그러나 태무랑이 자르듯이 말했다.

연풍은 움찔 놀라는 얼굴로 태무랑을 쳐다보았다.

태무랑은 예의 무표정한 얼굴로 중얼거렸다.

"지금부터는 어느 누구에게도 절하지 마라."

누구든지 보면 절을 해야만 하는 노예의 삶을 살아온 연풍

복수의 서막

등은 태무랑의 말에 전율을 느꼈다.
 그러나 연풍은 굽히지 않았다.
 "당신에게만은 절하고 싶습니다. 이것이 우리 생애 마지막 절이 될 것입니다."
 태무랑에게 마지막 절을 함으로써 노예로서의 삶을 종지부 찍겠다는 뜻이라서, 태무랑은 더 이상 그들을 만류할 수 없었다.
 연풍이 태무랑을 향해 무릎을 꿇고 고개를 조아리자 뒤쪽의 사내들과 여인들, 아이들까지 모두 부복했다.
 그러나 부복한 채 아무 말도 하지 않았다. 고맙다는 말도, 뭘 어떻게 하겠다는 말도 없이 연풍 등은 오랫동안 그렇게 있었다.
 하지만 태무랑은 그들이 무슨 생각을 하고 있는지 다 알 것만 같았다.

 술을 좋아하지 않는 태무랑이지만, 그날은 신풍개와 연풍 등 고구려인들과 함께 거나하게 취하도록 마셨다.
 그렇게 취해본 것은 생전 처음이었다. 그리고 그날 밤 태무랑과 신풍개는 친구가 되었다.
 술이 취했기에 가능한 일이었다. 맨 정신이었다면 신풍개가 제아무리 친구가 되자고 손이 발이 되도록 빌어도 끄떡도 하지 않았을 것이다.

그리고 태무랑은 연풍 등과도 많이 친해졌다. 술의 힘을 빌린 것이 아니다.
그럴 수 있었던 것은, 그들이 서로 많은 공통점을 갖고 있기 때문이었을 것이다.

잠에서 깨어보니 태무랑은 크고 넓으며 깨끗한 방의 침상에 누워 있는 자신을 발견했다.
얼마나 취했던지 아직도 골이 쪼개지는 것 같고 토할 것처럼 속이 메슥거렸다.
그는 침상에 앉아서 한차례 운공조식으로 취기를 말끔히 배출시켰다.
단 한 번의 운공조식으로 평상시의 평정을 되찾은 그는 밖으로 나가 보았다.
낭하에 서서 둘러보니 이곳은 대여섯 채의 전각으로 이루어진 아담한 장원인 듯했다.
그러고 보니까 어젯밤에 술에 만취한 상태에서 개방 무창분타주가 태무랑과 신풍개, 그리고 연풍 등을 이곳으로 안내한 일이 어렴풋이 기억났다.
이곳은 개방 소유의 장원으로 언제든지 사용할 수 있도록 모든 생활용품이 비치되어 있다고 했다.
해를 보니 진시(辰時:아침 8시)쯤 된 듯했다.
그때 태무랑의 눈에 고구려인들의 모습이 들어왔다. 사내들은 정원을 쓸고 장작을 나르는 등 마치 자신들의 집인 양 부지런히 일하고 있었고, 아이들은 마당에서 환하게 웃으면서 맑은 웃음소리를 터뜨리며 뛰어 놀고 있었다.

하지만 여인들은 한 명도 보이지 않았다. 그 궁금증은 곧 풀렸다.

태무랑이 정원으로 내려섰을 때 연풍의 딸 연지가 조심스럽게 다가와 공손히 고개를 숙이며 기어들어 가는 목소리로 말했다.

"나리, 식사하세요……."

여인들은 아침 식사를 준비하고 있었다.

"연지라고 했느냐?"

"네……."

태무랑이 말을 걸자 연지는 이마가 땅에 닿을 듯이 숙이며 어쩔 줄을 몰라 했다.

"나를 그렇게 부르지 마라."

연지는 의아한 얼굴로 고개를 들다가 태무랑과 시선이 마주치자 급히 숙였다.

"내게는 올해 열여섯 살 된 누이동생이 있다. 너는 나를 오빠라고 부르는 게 좋겠다."

"어… 떻게 감히……."

연지는 황송해서 몸 둘 바를 모르고 전전긍긍했다.

"네가 나를 오빠라고 부르지 않는다면 밥을 먹으러 가지 않겠다."

태무랑은 약간 고집을 부렸다.

"내 이름은 태무랑이다. 예전에 누이동생은 나를 무랑가라고 불렀단다."

연지는 새로 사서 입은 붉은색과 녹색이 섞인 예쁜 옷자락을 만지작거리면서 입을 열지 못했다.

그 모습을 보고 태무랑은 부드럽게 말했다.

"지아, 나는 이미 너를 누이동생으로 생각하고 있단다."

"아……."

연지는 깜짝 놀란 표정으로 고개를 들어 태무랑을 바라보다가 다시 고개를 숙였다.

태무랑은 그녀가 용감하게 노예의 틀을 깨기를 끈기있게 기다려 주었다.

연지가 용기를 내려고 하는 모습이 태무랑 눈에도 역력하게 보였다.

그녀는 몸을 옴찔거리고, 주먹을 꼭 쥐는가 하면, 모아 붙이고 있는 발끝을 올렸다 내렸다 하고 있었다.

그리고는 마침내 고개를 더 숙이며 빠르게 말했다.

"무, 무랑가, 식사하세요."

그리고는 저쪽으로 부리나케 도망쳐 버렸다.

식사 후에 태무랑과 신풍개는 장원 안에 있는 작은 인공 연못가의 정자에 마주 앉았다.
 "무랑가, 차 드세요."
 두 사람은 연지가 수줍게 말하면서 놓고 간 찻잔을 들고서 차를 마시며 연못을 바라보았다.
 "내 얘기를 해주겠다."
 태무랑은 찻잔을 내려놓으며 입을 열었다. 신풍개의 도움을 받으려면, 그리고 그를 친구로 여기기 때문에 자신이 누군지, 어떤 삶을 살아왔는지 설명해 줘야겠다고 생각했다.
 이어서 그는 자신이 지금까지 걸어온 길을 마치 남의 얘기를 하듯이 조용한 목소리로 얘기해 주었다.
 신풍개는 다혈질적이면서도, 반면에 감정이 무척이나 여린 성격이다.
 그는 태무랑의 얘기를 듣는 동안 몇 번이나 자리를 박차고 일어나 분통을 터뜨렸으며, 또 굵은 눈물을 흘렸다.
 그리고 태무랑의 얘기가 끝났을 때 그는 일어선 채 두 주먹을 움켜쥐고 흔들면서 이를 갈며 소리쳤다.
 "개 같은 연놈들! 절대로 용서하지 않겠다!"
 태무랑은 신풍개의 분노를 보면서 가슴 한구석이 따뜻해지는 것을 느꼈다.
 세상에는 의인(義人)도 있었다. 은지화처럼, 그리고 신풍개처럼 뜨거운 정의의 피를 가진 사람도 있었던 것이다.
 신풍개는 한참 동안이나 분노를 가라앉히지 못하고 주먹

을 휘두르며 단유천과 옥령, 삼장로, 단금맹우에게 온갖 욕설을 퍼부었다.
 "단지 그런 일이 있었다는 사실을 듣기만 한 나도 이처럼 분노를 주체할 수가 없는 심정인데… 당사자인 자네 심정은 어떻겠는가?"
 마음 여린 신풍개는 눈물이 그렁그렁 고인 눈으로 태무랑의 손을 잡으며 목멘 목소리를 토해냈다.
 그는 고개를 끄덕였다.
 "그랬었군. 그 쳐죽일 놈들이 태 형에게 저지른 만행이 오히려 태 형을 살린 거였군."
 그는 눈물을 그칠 줄 모르면서 태무랑을 바라보았다.
 "자네 지난번 대홍산에서 오색지기를 일으킨 것과 수십 자루 칼에 꽂히고서도 멀쩡했던 것이 바로 단유천과 옥령의 금강불괴지신 계획인가 뭔가 하는 그 영향이지?"
 "그렇네."
 태무랑은 고개를 끄덕였다.
 신풍개는 정자 안을 서성거리며 분을 삭이지 못하고 씨근거렸다.
 "개 같은 연놈들, 절대로 용서할 수가 없어. 갈가리 찢어 죽여도 분이 풀리지 않을 것 같아."
 그러다가 그는 뚝 걸음을 멈추고 무슨 생각이 났는지 태무랑을 쳐다보며 눈을 빛냈다.

"자넬 괴롭힌 놈들이 단금맹우, 아니, 단살척배(斷殺剔輩)라고 했었지?"

태무랑이 고개를 끄덕이자 신풍개는 살벌한 표정으로 방금 떠오른 생각을 꺼내놓았다.

"단살척배 중의 두 놈이 이곳 무창에 있네. 우선 그놈들 중의 하나를 작살내 버리는 거야!"

사실 태무랑은 어제 무극신련 총본련을 보고 나서 단살척배 중 한 놈을 죽이려는 계획을 세웠었다.

연풍 등의 호구를 만드는 일이 아니었으면, 어제 단살척배 두 놈 중 한 놈을 죽였을 것이다.

예전에 은지화에게 단살척배 중 두 명이 무창에 살고 있다는 말을 들었기 때문이다.

그런데 신풍개도 똑같은 생각을 해낸 것이다.

"송무평(宋武平), 구건후(具建候) 두 놈이네. 그중의 한 놈을 죽이는 것이 어떻겠나?"

신풍개는 태무랑보다 더 절실하게 복수하기를 원하는 것 같았다.

이어서 신풍개는 송무평과 구건후에 대해서 자세히 설명했다. 은지화에게는 듣지 못했던 정보들이다. 그는 무림에 대해서 모르는 것이 없는 듯했다.

설명을 듣고 난 태무랑이 자르듯이 말했다.

"송무평으로 하자."

"좋아. 지금부터 계획을 세우자구."

그런데 태무랑이 그를 보며 조용히 말했다.

"어제 너는 무림에 크게 두 가지 일이 벌어졌다고 했는데 하나밖에 말하지 않았다."

신풍개는 손바닥으로 제 이마를 쳤다.

"아차! 그렇군!"

그러더니 그는 곧 심각한 표정을 지었다.

"낙성검문 은지화 소문주에 대한 얘길세."

신풍개는 태무랑의 표정을 살피더니 조심스럽게 말했다.

"한 달쯤 전에 옥령이 낙성검문에 불쑥 나타나서 소문주를 납치해 갔네."

"옥령 그년이 화아를?"

"그 과정에서 옥령을 호위하는 천자필사가 소문주의 큰 숙부인 소도천 대협을 죽였다고 하네."

"음!"

태무랑은 가슴속에서 활화산처럼 뭔가가 미친 듯이 들끓는 것을 느꼈다.

원수 연놈들이 태무랑에게 한 짓으로도 모자라서 이제는 그와 인연이 있는 은지화를 납치하고, 그녀의 숙부를 죽였다는 사실에 그는 분노를 주체하지 못하고 벌떡 일어났다.

"음… 옥령, 이년이……."

"나는 그 일 때문에 이곳 무창으로 온 걸세. 이곳에서 조사를 해보면 뭔가 건질 것이 있나 했는데, 옥령이나 소문주는 코빼기도 보지 못했네."

 태무랑은 분을 삭이지 못하고 정자 안을 이리저리 서성거리다가 뚝 걸음을 멈추고 두 눈에서 은은한 혈광을 뿜어내며 내뱉었다.

 "오늘 송무평과 구건후 두 놈을 모두 죽이겠다."

 반룡문(蟠龍門)과 청천문(青天門)은 몇 개의 공통점을 가지고 있었다.

 두 문파 모두 무극신련 휘하 사십팔지파라는 것.

 무창에 있다는 것.

 두 문파의 소문주들이 죽일 놈이라는 것 등이다.

 태무랑은 과연 신풍개를 잘못 보지 않았다. 그의 능력은 상상했던 것 이상이었다.

 신풍개는 개방 무창분타 제자들을 풀어서 두 시진 만에 송무평과 구건후에 대해서 완벽하게 조사해 와서 태무랑에게 알려주었다.

 송무평은 정혼녀와 장강에 배를 띄워놓고 유람 중이고, 구건후는 청천문에 있었다.

 태무랑은 먼저 송무평을 죽이기로 마음먹었다.

 송무평이 소문주로 있는 반룡문은 악양에 기화연당을 운영하고 있었는데, 엿새 전에 태무랑에게 몰살당했었다.

"부디 이해해 주게. 내가 개방의 소방주이긴 하지만 방규(幇規)가 엄해서 이 일에 제자들을 직접적으로 가담시킬 수는 없네."

끼이익… 끼익…….

신풍개는 한 척의 작은 배를 부지런히 노 저으면서 씁쓸한 표정으로 양해를 구했다.

"하지만 나는 끝까지 자넬 도울 걸세. 설혹 무극신련과 원수지간이 되고 개방에서 파문되더라도 말일세."

태무랑은 대꾸하지 않고 강을 두리번거렸다. 송무평이 탄 유람선을 찾으려는 것이다.

넓고 긴 장강에서 송무평을 찾으려면 하루를 다 허비해도 모자란다.

하지만 개방 제자들이 송무평이 탄 유람선이 현재 어디에 있으며, 어떻게 생긴 유람선인지를 자세히 알려줬으므로 찾아내는 것은 어려운 일이 아니었다.

"태 형! 저기 있네!"

태무랑이 이미 송무평의 유람선을 찾아내고는 주시하고 있는데, 노를 젓는 신풍개가 한발 늦게 찾아내고 고함치듯이 외쳤다.

그리고는 제 자신이 지른 고함에 놀라서 찔끔 목을 움츠렸다.

태무랑의 배에서 이십여 장 거리에 둥둥 떠 있는 한 척의 유람선에서는 시끌벅적한 유흥이 벌어지고 있었다.

기루에서 유람선을 빌렸는지 악사들이 연주를 하고, 무희(舞姬)들이 춤을 추고 있었다.

그리고 유람선 한가운데 누각 이층에서 한 쌍의 남녀가 술잔을 기울이고 있는 모습이 보였다.

'송무평, 이놈!'

누각의 남녀 중 남자가 송무평이 분명했다. 여자는 아마도 정혼녀일 것이다.

죽어서 한 움큼의 재가 되더라도 태무랑은 단살척배 아홉 명의 얼굴과 목소리를 잊지 못한다.

뭐가 좋은지 입을 크게 벌리고 호탕하게 웃고 있는 송무평의 모습이 태무랑의 눈을 후벼 팠다.

"지금은 보는 눈이 너무 많네. 어두워지기를 기다리세."

거리가 가까워지자 신풍개는 노 젓기를 멈추고 자세를 낮추면서 속삭이듯 말했다.

하지만 그는 태무랑이 우뚝 서서 유람선을 쏘아보는 것을 보고는 실소를 흘리며 허리를 폈다.

"풍개, 너는 배를 몰고 약간 물러나 있어라."

"어떻게 하려고?"

태무랑의 말에 신풍개는 움찔 놀랐다.

휘익!

순간 신풍개가 말릴 사이도 없이 태무랑이 배 바닥을 박차고 훌쩍 신형을 솟구쳤다.
"태 형!"
화들짝 놀란 신풍개는 벌컥 소리를 질렀다가 급히 손으로 입을 가리며 목을 움츠렸다.
신풍개가 탄 배에서 유람선까지는 족히 십오륙 장 이상의 거리인데, 태무랑은 유람선을 향해 비스듬히 솟구쳐서 쏘아가고 있었다.
'대체 어쩌려고······.'
신풍개가 걱정 반 놀라움 반의 표정으로 쳐다보고 있을 때 태무랑은 수면에서 십여 장까지 솟구쳤다가 그 높이에서 유람선을 향해 유유히 날아갔다.
그 모습은 마치 거센 강바람을 타고 날아가는 한 마리 독수리 같았다.
유람선 위에 도착한 태무랑은 망설이지 않고 곧장 아래로 쏘아 내렸다.
퍽!
그는 누각의 지붕을 뚫고 누각 이층 바닥에 우뚝 선 자세로 내려섰다.
"허엇!"
"앗!"
송무평과 정혼녀는 다정하게 사랑의 밀어를 나누다가 소

스라치게 놀라 벌떡 일어났다.

두 사람은 자신들로부터 불과 일 장 거리에 서 있는 태무랑과 구멍이 뻥 뚫린 누각 지붕을 번갈아 쳐다보았다.

"웬 놈이냐?"

송무평은 왼팔로 정혼녀의 어깨를 감싸 보호하면서 태무랑에게 호통을 쳤다.

그때 갑판에 있던 열 명의 반룡문 고수가 신형을 날려 이층 누각에 올라와 절반은 송무평과 정혼녀를 호위하고 절반은 태무랑을 포위하며 일제히 검을 뽑았다.

차차창!

그럴 때까지도 태무랑은 우뚝 선 채 움직이지 않았다.

갸름한 얼굴에 눈이 날카롭게 찢어진, 마른 듯하면서도 다부진 체구의 송무평은 태무랑을 보고 있으면서도 그를 알아보지 못했다.

송무평은 갑작스런 상황에 놀라기는 했으나 잠시 시간이 지나자 안정을 되찾았다.

그는 자신의 무위에 대해서 대단한 자부심을 갖고 있었다. 그래서 태무랑쯤은 혼자서도 충분히 처리할 수 있다고 자신했다.

더구나 반룡문에서도 일급인 열 명의 호위고수까지 있으니까 기가 살았다.

"물러서라. 웬 놈인지 보자."

송무평은 호위고수들 때문에 태무랑이 보이지 않자 손을 저으며 명령했다.

호위고수들은 즉시 태무랑과 송무평 사이를 터주었다. 그러나 언제라도 태무랑을 공격할 수 있고, 또 송무평과 정혼녀를 호위할 수 있는 거리와 자세를 유지했다.

"네놈은 누구냐?"

송무평은 이 기회에 정혼녀 앞에서 자신의 담대함과 무위를 뽐내고 싶어서 턱을 치켜들고 거들먹거렸다.

태무랑은 무표정한 얼굴로 송무평을 응시했다.

"나를 모르겠느냐?"

"하하하! 내가 워낙 유명하다 보니까 많은 사람들이 나를 알아도 나는 사람들을 잘 알아보지 못한다!"

태무랑의 짙은 눈썹이 꿈틀거렸다.

"무완롱이라고 하면 알아보겠느냐?"

"뭐어……?"

송무평은 움찔 놀라는 표정을 지었다.

이따금 단유천과 옥령의 초청으로 단금맹우들이 무극신련 총본련으로 들어가서 술과 맛있는 요리를 먹으며 즐기던 그 재미있는 놀이를 모를 리가 없다.

그런데 그것은 단금맹우들만의 비밀스러운 유희인데 이자가 어떻게 그것을 알고 있는지 모를 일이다.

"너… 그걸 어떻게 아느냐?"

"내가 무완룡이었으니까."

"……!"

송무평은 믿을 수 없다는 듯 눈을 크게 뜨고 놀라는 얼굴로 태무랑을 쳐다보았다.

그러고 보니까 태무랑을 어디선가 본 것 같기도 하다. 하지만 지옥에서의 그 초췌했던 모습과 지금의 늠름한 모습은 큰 차이가 있어서 알아볼 수가 없었다.

태무랑은 송무평을 향해 천천히 걸음을 옮기며 말했다.

"나의 예전 신분은 흑풍창기병이었다."

"네가 흑풍창기병이란 말이냐?"

그제야 송무평은 태무랑을 알아보고 적잖이 놀라는 표정을 지었다.

하지만 크게 달라질 것은 없다고 생각했다. 흑풍창기병은 무완룡 중에서도 독종이고 맷집이 매우 좋았다는 기억 말고는 아무것도 생각나는 게 없었다.

하지만 맷집 하나 갖고 무얼 어떻게 하자는 것인지 저절로 코웃음이 났다.

"허, 헛헛! 그래서 뭐가 어떻다는 것이냐?"

처처척!

태무랑이 채 세 걸음을 걷기도 전에 다섯 명의 호위고수가 일제히 그를 찌를 듯이 검을 겨누며 호통을 쳤다.

"멈춰라!"

저벅.

그러나 태무랑은 걸음을 멈추지 않았다.

그걸 보고 송무평은 곧 호위고수들이 태무랑을 난도질할 것이라 여기고 입가에 흐뭇한 미소를 머금었다.

쉬쉬쉭!

다섯 명의 호위고수가 날렵하고도 위맹하게 일제히 태무랑을 찌르고 베어갔다.

그들은 태무랑을 강적이라고 생각하지 않아서 전력으로 공격하지 않았다.

태무랑이 송무평을 향해 쏘아가면 호위고수들의 공격을 피하는 것은 물론이고 순식간에 송무평을 죽일 수 있으나 그렇게 하지 않았다.

후우우.

다섯 자루 검이 태무랑의 온몸으로 쏟아질 때, 그의 모습이 흐릿해졌다.

다음 순간 그의 두 주먹이 매우 느리게, 그러나 번갯불처럼 빠르게 사방으로 뻗어졌다.

뻐뻐뻐뻑!

"큭!"

"끅!"

"캑!"

그의 주먹은 다섯 호위고수의 얼굴 정면을 짧고 강하게 끊어 쳤다.

"어어… 저거?"
유람선에서 멀찍이 떨어져 있는 신풍개는 유람선 누각 이층에서 다섯 명이 튕겨지듯 사방으로 날아가는 것을 발견하고 눈을 커다랗게 떴다.
그리고는 곧 빙그레 미소 지었다.
"허헛! 태 형이 시작했군."

"방금 그것은 반룡권(蟠龍拳)……."
송무평은 어안이 벙벙한 표정으로 태무랑을 쳐다보았다.
방금 태무랑이 전개한 권법은 송무평에게는 몹시 느리게 보였지만, 실제로 당하는 호위고수들에게는 전광석화와 같았다.
태무랑은 송무평에게 반룡권을 보여주려고 일부러 그런 수법을 사용한 것이다.
왜냐하면 반룡권은 예전에 송무평이 태무랑을 두들겨 팰 때 자주 사용하던 반룡문의 성명권법이므로.
태무랑은 걸음을 멈추지 않고 계속 걸어갔다.
방금 그가 일 초식에 호위고수 다섯 명을 날려 버리는 것을 본 나머지 다섯 명의 호위고수는 잠시 멍한 표정으로 서 있다가 뒤늦게 정신을 차렸다.

"물러나랏!"

쉬쉬쉭! 쐐애액!

조금 전 다섯 명의 공격보다 두 배 이상 강력한 합공이 퍼부어졌다.

번쩍!

태무랑의 어깨에서 염마도가 뽑혔다.

휴우우웅!

거센 용음이 터지는 것과 동시에 염마도가 섬전 같은 속도로 한 바퀴 회전하면서 다섯 자루 검을 모조리 동강 내고 다섯 호위고수의 목이고 몸통이고 모조리 닥치는 대로 잘라 버렸다.

콰차차창!

절단된 호위고수의 몸뚱이들이 바닥에 떨어지거나 누각 밖으로 마구 튕겨 나갔다.

언제부턴가 악사들은 연주를 멈추었고, 무희들은 춤을 추지 않았다.

그들은 유람선 끄트머리에 모여서 오들오들 떨며 태무랑의 복수극을 지켜보고 있었다.

누각 이층의 호위고수 열 명이 죽은 것은 실로 순식간에 벌어진 일이었다.

"이, 이런……."

송무평은 방금 자신의 눈앞에서 벌어진 일이 도저히 믿어지지 않았다.
 그때, 송무평을 몹시도 사랑하는 정혼녀가 어깨의 검을 뽑는 것과 동시에 느닷없이 곧장 태무랑의 머리를 베어갔다.
 패액!
 "죽어라! 악적!"
 그녀는 무창의 이름난 무가의 여식이며, 자파의 검법이 꽤나 고명하다고 자부하던 터였다.
 태무랑은 시선을 송무평에게 고정시킨 채 슬쩍 왼손을 내밀었다.
 칵!
 태무랑의 머리를 향해 맹렬하게 그어져 내리던 정혼녀의 검이 돌연 뚝 정지했다.
 그녀의 검은 태무랑의 검지와 중지 사이에 끼어서 꼼짝도 하지 못했다. 마치 단단한 바위에 꽂힌 것 같았다.
 "이이… 놔라, 이놈아!"
 죽일 놈하고 어울리는 년들도 하나같이 똑같은 심성을 갖고 있는 죽일 년인 모양이다.
 정혼녀는 검을 놔버리면 될 텐데도 태무랑의 손가락에서 검을 뽑으려고 얼굴이 빨개지도록 용을 쓸 뿐이었다.
 휙!
 순간 태무랑의 오른발이 가볍게 앞으로 뻗어 나갔다.
 퍽!

"악!"

그의 발끝이 정혼녀의 복부를 가볍게 걷어차 올렸다.

그녀는 태무랑과 송무평 사이의 허공으로 둥실 떠올랐다가 얼굴을 아래로 한 채 바닥에 패대기쳐졌다.

쿵!

"윽!"

"영매!"

차앙!

송무평이 번개같이 검을 뽑는 것과 동시에 태무랑을 공격하면서 부르짖었다.

피잇!

순간 염마도가 번뜩이더니 송무평의 목 앞에서 딱 정지했다.

조금만 움직이면 염마도 끄트머리의 창날이 송무평의 목줄기에 바람구멍을 뚫을 판국이다.

"이, 이놈!"

쒜액!

그 순간 바닥에 엎어져 있는 정혼녀가 재빨리 몸을 뒤집으면서 태무랑의 다리를 향해 맹렬히 검을 휘둘렀다.

콱!

"아악!"

그러나 그녀의 검은 뜻을 이루지 못하고 멈췄다. 태무랑이 그녀의 팔을 밟아버린 것이다.

태무랑은 오른손의 염마도로는 송무평의 목을 겨냥한 채 왼발로는 정혼녀의 오른팔을 밟고 있었다.

그가 왼발에 약간 힘을 주자 정혼녀의 팔이 수수깡처럼 부러져 나갔다.

우두둑!

"아악!"

비단을 찢는 듯한 처절한 비명이 터졌다.

척!

태무랑은 다시 발을 들어 정혼녀의 젖가슴 위에 슬쩍 올려놓았다.

그리고는 정신이 반쯤 나간 송무평을 쳐다보았다.

"내게 할 말이 없느냐?"

"으음… 그녀를 살려다오."

"너와 이년의 목숨 중에 누굴 살려줄까?"

송무평의 얼굴이 참담하게 일그러지더니 쥐어짜듯 중얼거렸다.

"나, 나를 살려다오……."

"잘 안 들린다."

송무평은 목에 핏대를 세웠다.

"제발 나를 살려다오!"

"이년은 죽여도 되느냐?"

"그… 래야 한다면 죽여라!"

"네 손으로 죽일 수 있느냐?"

"……."

슥—

염마도가 약간 송무평의 목을 파고들어 피를 내자 그는 자지러지듯 외쳤다.

"주, 죽일 수 있다!"

슥—

태무랑은 정혼녀의 가슴을 밟고 있던 발을 뗐다.

정혼녀는 입술을 피가 나도록 깨물며 가만히 누워 있었다.

탁!

태무랑은 발로 그녀의 어깨를 가볍게 차서 한쪽으로 밀려나게 했다.

"이놈! 뒈져랏!"

순간 송무평이 재빨리 뒤로 한 걸음 물러나더니 측면으로 몸을 비틀었다가 벼락같이 태무랑을 공격했다.

그러나 태무랑은 피하지 않았다. 송무평의 공격보다 더 빠르게 그를 제압할 수 있기 때문이다.

빡!

"으악!"

염마도 칼날 옆면이 송무평의 뺨을 후려갈겼다.

송무평은 입과 코에서 피를 뿜으며 날아가 누각 기둥에 부덮쳤다가 바닥에 나동그라졌다.

"크으으……"

척!

벌렁 나자빠진 송무평의 가슴을 태무랑의 왼발이 밟았다.

"윽……"

얼굴이 피투성이가 된 송무평은 자신을 무표정하게 굽어보고 있는 태무랑을 올려다보며 눈물, 콧물을 마구 흘리면서 애걸했다.

"으흐흑! 잘못했습니다……! 용서하십시오……! 나는 단지 단유천과 옥령이 시키는 대로 했을 뿐입니다……. 그놈들이 죽일 연놈들입니다……. 부디 목숨만……."

한쪽 구석에 웅크리고 앉아 있던 송무평의 정혼녀가 날카롭게 소리쳤다.

"그런 버러지 같은 놈은 죽여 버려요!"

슥—

염마도의 푸르스름한 칼날이 송무평의 목에 닿았다.

"으흐흐흐… 제발… 목숨만……."

송무평은 온몸을 와들와들 떨어댔다.

스극.

염마도의 칼날이 그의 목으로 파고들었다.

그리고는 천천히, 아주 천천히 그의 목을 자르기 시작했다.

드극… 그그극…….

송무평은 조금 전까지만 해도 사랑을 속삭였던 정혼녀가 지켜보는 가운데, 자신의 목이 잘리는 소리를 생생하게 들으면서 천천히 숨이 끊어졌다.

　　　　　　　　　『무적군림』 4권에 계속…

Book Publishing CHUNGEORAM

전기수
新무협 판타지 소설

2011년 새해 청어람이 자신있게 추천하는 신무협!

봉마곡에 갇힌 세 마두. 검마, 마의, 독마군.
몇십 년 동안 으르렁대며 살던 그들에게 눈 오는 아침, 하늘은 한 아이를 내려준다.

육아에는 무식한 세 마두에 의해
백호의 젖을 빨고 온갖 기를 주입당하면서 무럭무럭 성장한 마설천!

세 마두의 손에서 자라난 한 아이로 인해 이변이 일어나고,
파란이 생기고, 이윽고 강호에 새로운 바람이 불어온다!

마도를 뛰어넘어 천하를 호령할
마설천의 유쾌한 무림 소요기!

 유행이 아닌 자유추구 -
WWW.chungeoram.com

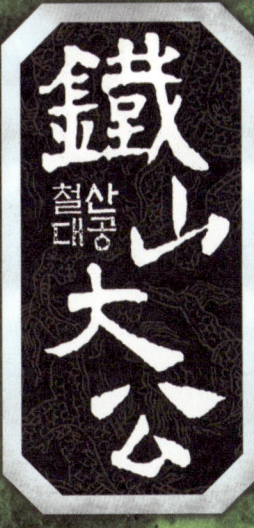

임준후 新무협 판타지 소설

「철혈무정로」, 「천마걸엽전」의 작가 임준후!
그가 태산처럼 거대한 남자의 이야기로 돌아왔다!

"네가 좋아하는 방식대로 살 거라.
지금까지처럼 마음이 가고 몸이 가는 대로!"

스승이 남긴 말을 가슴에 새기고 중원으로 나온 강산하.
고향으로 향하는 귀로에 하나둘씩 인연이 모여들고
어느새 그의 걸음마다 무림의 판도가 바뀌기 시작한다.

태산처럼 굳세게
산들바람처럼 유유자적하게
흔들리지 않고 올곧게 자신의 길을 걸어간
괴협 철산대공 강산하의 가슴 묵직한 일대기!

Book Publishing CHUNGEORAM

유행이 아닌 자유추구
WWW.chungeoram.com

용호객잔
龍虎客棧

설경구 新무협 판타지 소설

낙양 변두리에 위치한 허름한 용호객잔.
폐업 직전까지 몰렸던 용호객잔에 복덩이,
천유강이 저절로 굴러 들어왔다.
그런데… 이 객잔 좀 수상하다?

독문병기는 낡은 주판, 중원상왕을 꿈꾸는 객잔주인, 용사등.
독문병기는 마른 걸레, 끔찍이 못생긴 점소이, 용팔.
독문병기는 식칼, 긴 독수공방 끝에 요리와 혼인한 숙수, 장유걸.
독문병기는 이 빠진 도끼, 사연 많은 남장여인, 문우령.
독문병기는 얼굴, 기억을 잃어버린 절세미남 신입 점소이, 천유강.

"중원의 상왕이 되리라!"

현실감각이라고는 찾아보기 힘든
용사등의 허황된 선언이 천하를 혼란에 빠뜨린다.
바람 잘 날 없는 용호객잔의 평범한(?) 일상에
중원의 이목이 집중된다.

Book Publishing CHUNGEORAM
유행이 아닌 자유추구-
WWW.chungeoram.com

Unterbaum
GOD BREAKER
운터바움
신들의 파괴자

이상혁 판타지 장편 소설

**나를 세기할 자, 그를 다스리는 한 권의 책.
찾아 찢으리. 그리하지 않으면 나는 불타리.**

세계의 근거, 그 자체인 거대한 나무, 바움.
그 아래에서 살아가는 생명들의 세상, 운터바움.
윈델은 신탁에 따라 바움을 파괴할 책을 찾아 떠나고
맨 처음 그의 손이 책에 닿는 순간 운명이 격변한다.

십 년을 모신 주인이자 친구, 세베리아를 비롯
세상 모든 것이 자신의 존재를 잊어버린 상황에서
윈델은 존재의 증명을 위하여 운명과 싸우기 시작한다!

나무의 파괴자 '엠베르크' 란 무엇인가?
모두가 잊어버린 '나' 는 대체 누구인가?

「데로드 앤드 데블랑」,「카르마 마스터」의 뒤를 잇는
이상혁 작가의 정통 판타지 대작!

「운터바움 - 신들의 파괴자」!

Book Publishing CHUNGEORAM

유행이 아닌 자유추구 -
WWW.chungeoram.com

守護武士
수호무사

각사 新무협 판타지 소설

소년은 오직 소녀를 위하여 검을 들었다
가슴에 담긴 지키고자 하는 뜨거운 열망.

"이제는 지킬 것이다."

단 하나 남은 소중한 인연, 무유화를 지키려
악의에 휩싸인 무림을 수호하기 위하여
윤, 세상에 서다!

그의 용혈검이 떨치는 무상류와 구천류가
모든 악을 쓸어내리라!

지키는 자!
수호무사 윤, 그를 기억하라.

Book Publishing CHUNGEORAM

WWW.chungeoram.com